CYBORG REBELLE

PROGRAMME DES ÉPOUSES
INTERSTELLAIRES: LA COLONIE - 6

GRACE GOODWIN

Cyborg Rebelle

Copyright © 2020 by Grace Goodwin

Tous Droits Réservés. Aucune partie de ce livre ne peut être reproduite ou transmise sous quelque forme ou par quelque moyen que ce soit, électronique ou mécanique, y compris photocopie, enregistrement, tout autre système de stockage et de récupération de données sans permission écrite expresse de l'auteur.
Publié par Grace Goodwin as KSA Publishing Consultants, Inc.
Goodwin, Grace

Cyborg Rebelle

Dessin de couverture 2019 par KSA Publishing Consultants, Inc.
Images/Photo Credit: Deposit Photos: doodko, Angela_Harburn

Note de l'éditeur :
Ce livre s'adresse à un *public adulte*. Les fessées et toutes autres activités sexuelles citées dans cet ouvrage relèvent de la fiction et sont destinées à un public adulte. Elles ne sont ni cautionnées ni encouragées par l'auteur ou l'éditeur.

BULLETIN FRANÇAISE

REJOIGNEZ MA LISTE DE CONTACTS POUR ÊTRE DANS LES
PREMIERS A CONNAÎTRE LES NOUVELLES SORTIES, OBTENIR
DES TARIFS PREFERENTIELS ET DES EXTRAITS

Cliquez ici

À PROPOS DE CYBORG REBELLE

Il la conquiert, corps et âme.

Makarios de Kronos est un rebelle, un contrebandier qui ne répond aux ordres de personne, pas même ceux de Rebelle 5. Mais une trahison le conduit vers les prisons de la Coalition, et un destin pire que la mort : il est capturé par la Ruche. Il s'échappe, mais troque une prison pour une autre. Il vit désormais sur la Colonie, contaminé et perçu comme une menace. Il est prêt à n'importe quoi pour recouvrer la liberté, y compris accepter de négocier avec une guerrière magnifique, rusée et avec de nombreux secrets.

Gwendoline Fernandez s'est portée volontaire pour défendre la Terre face à la menace que représente la Ruche. Pendant quatre ans, elle a été un membre estimé de l'équipe de Reconnaissance de la Coalition, jusqu'à ce que la Ruche la rattrape, et qu'une drôle de créature Nexus s'intéresse personnellement à son intégration.

Gwen s'est échappée grâce à sa force surhumaine et une détermination à survivre impossible à briser, jusqu'à ce que le gouverneur de la Colonie lui ordonne de se choisir un compagnon. Passer un accord avec Makarios lui semble tellement simple, jusqu'à ce qu'il la conquière comme son âme et son corps ne l'ont jamais été. Mais le Nexus de la Ruche la veut pour lui, et il refuse qu'on lui dise non.

1

Makarios Kronos de Rebelle 5, La Colonie, Arènes

Les guerriers en colère se faisaient face dans l'arène. Assis à côté de moi dans les gradins, le seigneur de guerre Braun sortit cent crédits de sa poche et jeta l'argent à un grand Prillon assis trois rangs plus bas.

— Hé, Glace. Cent sur l'Atlan, Tane.

Les autres l'appelaient Glace à cause de l'impassibilité totale de son visage. Pas la moindre émotion ne s'y lisait. Je pouvais le comprendre. Il était plus machine qu'homme, mais je ne pouvais pas le juger. J'étais un monstre, même comparé à lui.

Glace hocha la tête et entra les données sur la tablette qu'il avait dans la main. Les paris avaient commencé il y a des heures, à l'instant où le Prillon rugissant dans l'arène avait lancé son défi. Sept guerriers avaient répondu à son appel. Le tournoi devait commencer sous peu. Huit cyborgs se battraient jusqu'à ce qu'un seul reste debout. Ils passeraient de huit à quatre. Puis de quatre à deux. Et les deux derniers se battraient pour gagner la récompense ultime.

Il s'agirait d'une bataille à mort si nécessaire, et le gagnant aurait le droit de revendiquer Gwendoline de la Terre. C'était une beauté. Une femme guerrière. Son corps était musclé et puissant, mais plein de courbes. Mes doigts se contractaient tant j'avais envie de la toucher dès qu'elle passait près de moi. Son regard était déterminé, plein de défi, un défi que de nombreux guerriers étaient venus relever. Comme Glace et moi, elle montrait rarement ses émotions. Non, ce n'était pas vrai. Elle montrait bel et bien des émotions : la colère, la fureur, le dédain. Une femme comme elle aurait dû sourire, ses yeux auraient dû déborder de bonheur. J'aurais sacrifié ma couille gauche pour l'entendre rire. J'aurais bien aimé l'entendre crier de plaisir, aussi. Elle n'en avait sans doute connu aucun — sexuel ou autre— depuis son arrivée ici, comme la plupart d'entre nous. Avant son enlèvement par la Ruche, elle était soldat. Avant d'être intégrée. Modifiée.

Ses cheveux bruns lui tombaient dans le dos. Ils scintillaient à la lumière, et ils avaient l'air doux. Je m'imaginai passer le poing dedans et la maintenir en place tandis que je la...

Merde. Non. J'interrompis cette pensée avant que mon ne sexe puisse réagir. Ça ne donnerait rien de bon. Ni pour elle, ni pour moi, même si j'avais envie d'être celui qui lui donnerait... des émotions. Des émotions différentes de celles qui vous retournaient l'estomac, vous consumaient de l'intérieur jusqu'à ce qu'il ne reste plus rien.

Braun me donna une tape sur l'épaule, m'arrachant à mes pensées.

— Pourquoi tu n'es pas dans l'arène, mon ami ?

— Vas-y, je te suis, contrai-je rapidement en levant la main comme pour lui indiquer le chemin de l'arène.

Les Atlans m'avaient adopté, mais même eux ne connaissaient pas mon secret, la vérité derrière mon refus de descendre dans l'arène pour tabasser ces huit autres hommes. Pour revendiquer ce que je voulais au point d'en avoir le cœur serré depuis que j'avais posé les yeux sur elle pour la première fois. *Gwen*.

Mais la vérité n'était pas facile à comprendre. C'était la raison pour laquelle je n'oserais jamais prendre une compagne à moi. Et bien sûr, mon monde ancestral de Forsia et la planète de Braun, Atlan, étaient considérés comme des cousines éloignées, car elles orbitaient dans la même zone de l'espace, mais je n'étais pas vraiment —ou complètement —Forsien. Non, j'étais né sur Rebelle 5, ce qui faisait de moi un mélange entre un animal hypérion et un guerrier forsien. J'avais beau avoir la même taille que celle de Braun et des autres Atlans, les similarités s'arrêtaient là. Ma lignée hypérionne/forsienne était si rare qu'officiellement, mon espèce n'existait pas. À ma connaissance, nous n'étions que trois. Tous des hommes. Tous sans compagne. Tous destinés à mourir seuls. À ne pas engendrer. Ce qui était une bénédiction. Je ne voudrais même pas infliger mon existence à un ennemi, encore moins à un fils.

Le dernier monstre hybride de Rebelle 5 qui avait tenté de s'accoupler avait accidentellement tué sa compagne pendant la revendication officielle. Le venin unique de notre morsure était entré dans les veines de la femme, et elle était morte dans ses bras, incapable de s'éloigner, car le sexe de son compagnon avait grandi en elle, les rendant inséparables. Le corps et le sang de cette femme, infectés par le poison rare de nos origines multiples, n'avaient pas pu s'adapter. Elle était morte, et il s'était laissé dépérir, rongé par la culpabilité et la haine envers lui-même.

Le désespoir. Il savait qu'il risquait de la tuer, mais

l'envie irrésistible de la mordre, de la revendiquer... de s'accoupler à elle avait été trop forte. Il avait pris le risque, et avait tout perdu.

Non. Je ne revendiquerais jamais de compagne. Je ne m'intégrerais jamais. Je ne trouverais jamais ma place. Pas sur Rebelle 5 avec ma légion, les Kronos. Pas sur Forsia, où l'on ne voulait pas de moi. Pas ici, sur la Colonie, parmi mes cousins atlans exilés. J'étais plus heureux seul, sur mon vaisseau de commerce, à voguer entre les étoiles comme je l'avais fait pendant la plus grande partie de ma vie.

Jusqu'à ce qu'un traître me fasse capturer par la Flotte de la Coalition. Un grondement monta dans ma poitrine avec ma colère habituelle, et quelques têtes se tournèrent vers moi. Je leur jetai un bref regard noir, et ils se détournèrent pour regarder l'arène à nouveau.

Sale traître. Quand je le trouverais...

Comme si me faire attraper par la Flotte de la Coalition ne suffisait pas, leurs boucliers de déviation étaient merdiques, et le vaisseau tout entier s'était fait capturer par la Ruche pendant que je pourrissais en prison. Mais la Ruche se fichait de savoir qui se trouvait à bord, qu'il s'agisse de guerriers de la Coalition ou de contrebandiers de Rebelle 5 comme moi. Nous étions tous des atouts biologiques qu'ils pouvaient torturer et transformer, assimiler pour leur guerre. Transformer en robots sans cervelle. Avec moi et quelques autres, ils avaient failli réussir, mais nous avions eu la chance de nous échapper. La chance de passer le reste de nos jours ici, sur la Colonie, changés à jamais. Partiellement intégrés et condamnés à l'exil. Coincés. Coincés sur la Colonie avec la seule femme que je désirais, sans pouvoir l'avoir.

Le rire sonore de Braun me tira de la noirceur de mes pensées. Son corps massif était secoué par l'hilarité.

— Quels idiots. Ils se battent pour une femme humaine, mais ils ignorent complètement comment gagner son cœur.

— Et toi, tu sais ? demandai-je.

Braun, Tane et moi étions les seuls survivants de ce vaisseau de la Coalition. Trois sur deux cents. En vie, mais contaminés. Notre torture et notre fuite nous avaient liés comme des frères, malgré le fait que nous venions de mondes différents. Tous les habitants de la Colonie pensaient que j'étais un grand Atlan avec une maîtrise impressionnante et que c'était pour ça que je ne me changeais jamais en bête. Je n'étais pas Atlan. Je ne perdais pas le contrôle et ne me transformais pas en bête. Non, mes pertes de contrôles étaient plus intimes, mais tout aussi dangereuses pour la femme qui aurait le malheur de me chevaucher.

Braun et Tane n'avaient pas jugé utile de révéler mes véritables origines aux autres guerriers. Seul le gouverneur savait que je n'étais pas Atlan du tout, ce qui m'allait très bien. Moins les gens le savaient, plus ils croiraient que j'étais capable de me transformer en tueur sanguinaire d'un moment à l'autre, et c'était tant mieux.

Braun souriait, à présent, l'air presque nostalgique.

— J'ai vu le gouverneur et Ryston avec leur compagne, Rachel. J'ai vu Hunt et Tyran avec Kristin. Le Chasseur everien avec son humaine, Lindsey. Caroline avec Rezz. Je les ai tous vus avec leurs compagnes humaines, et j'apprends.

Braun agita la main en direction des huit guerriers qui se faisaient face dans l'arène et parlaient entre eux pour déterminer dans quel ordre ils allaient se battre. Des règles. C'était ridicule, vu qu'ils allaient s'entre-tuer pour une femme qui n'avait montré aucun intérêt pour les hommes de la planète.

— Gwendoline ne voudra d'aucun d'entre eux,

poursuivit Braun. Même pas de notre frère Tane. Sa victoire sera vide de sens.

— Tane ne gagnera pas, dis-je en parlant de la bataille, pas des faveurs de Gwen. Ils vont essayer de le désavantager avec leurs règles, lui interdire de se battre en mode bestial.

Mais avec une femme comme récompense, les règles seraient oubliées dès que la bataille commencerait. Apparemment, Braun pensait la même chose, car il dit :

— Les bêtes ne suivent pas les règles des autres. Il gagnera.

Je me penchai en arrière et évaluai les guerriers du regard. Aucun d'entre eux n'était assez bien pour Gwen. Pas même Tane. J'espérais que Braun avait raison, qu'elle leur dirait non à tous, quel que soit le vainqueur, et qu'elle le ferait avant qu'il y ait des morts. Elle n'avait pas besoin d'être hantée par une bataille à mort en plus des implants que la Ruche avait laissés dans son corps.

— Alors, mon ami, si tu observes vraiment les femmes humaines, qu'est-ce que tu as appris ? demandai-je par curiosité, et rien de plus.

Braun m'adressa un petit grognement, de frustration ou d'agacement, je l'ignorais.

— Les femmes humaines aiment se croire indépendantes. Leur compagnon doit les protéger sans qu'elles s'en rendent compte.

— Pourquoi ? demandai-je, perplexe. C'est le rôle d'un compagnon et son droit de protéger sa compagne.

Il leva une main.

— Pour revendiquer une humaine, un guerrier doit faire très attention, tout préparer à l'avance. Ce sont des compagnes féroces et intrépides. Elles sont capables de se battre contre la Ruche si elles ressentent le besoin de protéger leur compagnon ou leurs enfants. Elles sont trop courageuses pour leurs petits corps fragiles. Trop féroces pour leur bien. Leurs corps sont frêles, mais leur volonté est forte. Elles sont prêtes à risquer tant de choses, et pourtant, elles aiment pleinement. Elles sont mystérieuses au possible. Sauvages. Passionnées. Elles ont besoin d'hommes forts et patients pour les dompter.

Oui, c'était le mot. Dompter. Gwen avait besoin que quelqu'un la dompte. L'apaise. La baise jusqu'à ce qu'elle oublie tous ses soucis.

— Et tu comptes dompter Gwendoline ? demandai-je.

Je craignais sa réponse, mais je savais la vérité. Tous les mâles de la Colonie la désiraient. La voulaient.

Braun hocha la tête alors que son regard se posait sur le premier combat dans l'arène.

— Qui ne le voudrait pas ? demanda-t-il avec un sourire avide. Elle est magnifique. Je la baiserai jusqu'à ce qu'elle crie mon nom tant de fois qu'elle en oubliera tous les autres mots.

Apparemment, nos esprits étaient sur la même longueur d'onde pour beaucoup de choses. Je savais qu'il n'était sûrement pas le seul homme qui s'imaginait coucher avec elle. La revendiquer. L'emplir de sa semence pour la marquer. La faire sienne. Si moi je faisais tout cela, elle en mourrait sans doute. Avec les autres hommes de la Colonie, elle n'éprouverait que du plaisir.

Merde. Je ne pouvais pas refuser ce bonheur à mon ami.

— C'est une cyborg, dis-je. Une guerrière. Elle ne sera pas comme les autres compagnes humaines, les femmes envoyées par le Centre des Épouses Interstellaires. Elle, elle vient d'une prison de la Ruche. Elle sera différente.

Si je déclamais ce genre d'évidences, ce n'était pas parce que je la jugeais moins parfaite, mais parce que je n'osais pas admettre à voix haute qu'elle m'intéressait.

Braun haussa un sourcil dégoûté et me regarda.

— Tu es en train de l'insulter ?

Sa voix était pleine du grondement de sa bête, et les os de son visage se déplaçaient alors qu'il luttait pour ne pas passer en mode bestial.

Je secouai la tête.

— Non.

— Bien. Ne le fais pas.

Il se calma instantanément. Braun n'avait pas dit *elle est à moi*, mais il avait tout de même marqué son territoire. Le monstre en moi se leva en réponse à cela, mais je maintins le contrôle d'une poigne de fer et ne laissai rien paraître. Je n'avais aucun droit sur cette femme. Je n'en aurais jamais. Rien ne pourrait changer cela. Mieux valait qu'elle soit conquise par un homme bien, comme Braun, que par un mâle non méritant. Je ferais de mon mieux pour ne pas détester mon ami quand il la toucherait. Braun avait vécu l'enfer. Il avait été torturé, avait survécu. Il méritait d'être heureux. Sur la Colonie, à défaut de pouvoir rejoindre Atlan. Sur la planète des parias et des contaminés. Des guerriers tombés au combat pendant les guerres de la Ruche, et oubliés.

Depuis que le Prime Nial, le dirigeant de Prillon Prime et commandant de la Flotte de la Coalition, avait levé l'interdiction pour les contaminés de regagner leurs planètes d'origine, quelques guerriers avaient décidé de quitter la Colonie pour tenter de retrouver leurs anciennes vies. Les Prillons et les Vikens, les Trions et les Everiens, tous pouvaient rentrer chez eux. Mais les humains n'étaient pas les bienvenus sur Terre s'ils avaient des implants de la Ruche. Cette planète croyait à peine en l'existence de la Ruche. Leurs gouvernements voulaient des preuves de l'existence de cette race alienne impitoyable. Je n'avais jamais vu de dirigeants aussi effrayés à l'idée de révéler la vérité.

Les Atlans non plus ne pouvaient pas rentrer chez eux,

car les fièvres d'accouplement et leur mode bestial les rendaient trop imprévisibles. En temps normal, les Atlans étaient extrêmement durs à tuer. Mais quand ils étaient remplis de technologie de la Ruche, ils devenaient de véritables machines à tuer. Le risque serait trop grand pour leurs compatriotes, s'ils devenaient incontrôlables suite à une fièvre d'accouplement.

Et moi ? Je savais que sur Rebelle 5, ma légion m'accueillerait à bras ouverts, mais notre leader, Kronos, m'utiliserait. C'était un homme pragmatique, et un descendant forsien amélioré par les implants de la Ruche serait l'arme la plus terrifiante de son arsenal. Il n'hésiterait pas à s'en servir. À se servir de moi. Et c'est pour cette raison que j'avais passé ma vie à voyager dans l'espace à bord de mon vaisseau de commerce au lieu de m'installer sur une planète en particulier. Jusqu'à présent.

Je ne tuais pas sur commande.

Je ne me battais pas et ne volais pas sur commande.

Je ne baisais pas sur commande, non plus.

Je n'avais de loyauté que pour Kronos, et pour cela, j'avais payé un prix exorbitant.

Et je continuais de le payer ici. Je fonçais à travers les galaxies à bord de mon vaisseau, en évitant les forces de la Coalition et de la Ruche, en obtenant ce que Kronos voulait. Jusqu'à présent.

Quelqu'un m'avait dénoncé à la Coalition, leur avait fait part de la cargaison pleine d'armes et de technologie que je transportais. Parmi mes marchandises se trouvaient des armes dernier cri de la Coalition, ainsi que des fusils illégaux fabriqués sur une planète n'appartenant pas à la Coalition.

Apparemment, c'étaient les fusils qui m'avaient valu de terminer dans les geôles de la Coalition. Et de me retrouver aux mains de la Ruche. Et à présent, d'être prisonnier sur la

Colonie, abandonné pour crever et travailler dans les mines pendant des décennies jusqu'à ma mort. Le gouverneur, un dur à cuire du nom de Maxime, ne m'autorisait même pas à quitter la planète pour effectuer la moindre mission à l'extérieur. Il craignait que je m'enfuie.

Il avait raison d'avoir peur. Mais il ne pourrait rien faire pour m'en empêcher. J'attendais simplement que les circonstances idéales se présentent. Mon plan était en place depuis des semaines.

En dépit des souhaits du gouverneur Rone, j'avais refusé de prendre une compagne, et de me faire tester pour le Programme des Épouses. La vérité m'appartenait, c'était ma malédiction à moi. Je comprenais son agacement, mais je ne pouvais pas m'accoupler comme il le souhaitait. Tout ce que je voulais, c'était retourner dans l'espace et rester tranquillement dans mon coin. Être libre, sans attaches envers un lieu ou une personne.

Prendre une compagne et l'abandonner ici ? Impossible. Cette simple idée me fit grogner à nouveau, un son masqué par les rugissements des spectateurs alors que le premier combat faisait rage et qu'un Prillon portait un coup puissant à son adversaire. Non, j'étais un contrebandier, un solitaire, un rebelle qui refusait d'obéir aux ordres, mais je ne manquais pas d'honneur. Même si revendiquer une compagne ne la tuait pas, je refusais de briser le cœur d'une femme ainsi.

Avoir une femme était non seulement un énorme risque, c'était un handicap que je ne pouvais pas me permettre d'avoir.

Le gouverneur et les autres dirigeants de la Coalition avaient décidé que j'étais trop instable. Trop dangereux. Rebelle 5. Hypérion. Forsien. Cyborg. J'étais le roi des monstres. Et le gouverneur pensait que seule une compagne pourrait m'apaiser, m'ancrer à cette planète et à sa guerre contre la Ruche. Assurer ma loyauté envers les causes de la Coalition.

Mais je n'étais pas né dans la Coalition. Je venais de Rebelle 5. Et j'étais véritablement prisonnier sur cette planète. Ce qui faisait que j'avais du mal à me sentir reconnaissant. Certains jours, j'aurais préféré être mort, et le besoin que j'avais de m'échapper me donnait l'impression de sortir de mon corps.

La foule poussa une exclamation, et je tournai de nouveau mon attention sur l'arène. Le grand guerrier prillon était traîné hors de l'arène, inconscient, pendant qu'un autre se tenait debout, les bras en l'air, victorieux et en sueur. Le gagnant se mit sur le côté alors que deux nouveaux combattants se plaçaient au centre de l'arène. L'un d'entre eux était un Atlan que je connaissais bien. L'autre, un guerrier prillon qui allait se faire massacrer.

— Défonce-le, Tane !

Le hurlement d'encouragement de Braun était facilement audible malgré la clameur de la foule, et notre ami Tane leva brièvement la tête.

— Tu l'acclames alors que tu penses que son combat est futile ? demandai-je.

Braun souriait, penché en avant, le regard braqué sur le combat alors que Tane soulevait le Prillon par-dessus sa tête et le jetait à l'autre bout de l'arène. Le Prillon roula et se remit debout avec un cri de défi, un son qui résonna sur les gradins alors que le guerrier prillon fonçait sur l'Atlan avec une vitesse améliorée par les implants cyborgs. Il le frappa au cou, mais l'Atlan broncha à peine.

— Tane gagnera ce combat et Gwen refusera sa revendication. Quand ce sera fait, il ne pourra rien dire quand j'essaierai de lui faire la cour à mon tour.

J'étouffai un rire et le regardai avec de grands yeux.

— Lui faire la cour ? Ce n'est pas vraiment un vocabulaire de guerrier. Tu parles comme une vieille dame.

La commissure de ses lèvres se souleva.

— C'est le vocabulaire d'un guerrier pour qui cette femme ouvrira bientôt les cuisses alors qu'elle me chevauchera pendant des heures pour me vider de ma semence.

Par les dieux, je n'avais vraiment pas besoin de tous ces détails. Je n'avais pas de réponse à ça. J'aurais dû prendre sur moi et encourager Tane, mais la tension dans mes épaules et ma poitrine me monta à la gorge jusqu'à ce que je sois incapable de parler ou de bouger. Je ne pouvais que regarder la scène et détester tous les hommes présents qui seraient en mesure de la revendiquer. Détester Braun et sa stratégie pour lui *faire la cour*.

Je n'aurais pas dû venir dans les arènes. Une partie de moi savait qu'assister à ce spectacle était une mauvaise idée. Aucun guerrier ne pourrait être digne d'elle. Pas sur ce pathétique monde-prison. Mais je ne pouvais pas non plus supporter l'idée de ne *pas* savoir avec qui elle finirait, qui aurait la chance de la protéger. Gwen était une addiction dont je n'avais pas réussi à me débarrasser depuis son arrivée quelques semaines plus tôt. Mon intérêt pour elle était totalement indésirable et impossible. Mon sexe avait pris les rênes de mon cerveau. Je m'en étais occupé de nombreuses fois sous la douche pour qu'il se rende, mais j'avais beau jouir encore et encore, mon désir pour elle persistait.

Penché en arrière, je croisai les bras et tentai d'avoir l'air aussi indifférent que possible alors que je regardais le poing de Tane entrer en contact avec la mâchoire du guerrier prillon, l'envoyant dans la foule du premier gradin. Les guerriers qui étaient assis là le relevèrent en criant et le poussèrent vers le centre de l'arène, où Tane lui donna un autre coup puissant. Pour l'instant, il était meilleur que le Prillon, sans avoir eu besoin de sa bête. Le jeune Prillon menait une bataille perdue d'avance et il le savait. Son pas était moins fier, et ses épaules se voûtèrent quand un autre guerrier, Tyran, se glissa entre les deux combattants.

Tyran était un guerrier prillon et avait une humaine pour compagne. Kristin. Il la partageait avec son second, un autre guerrier nommé Hunt. Elle était très belle, c'était une guerrière, elle aussi, comme Gwen. J'ignorais comment ils faisaient pour laisser leur femme partir en mission contre la Ruche, mais Kristin le faisait tous les jours avec le groupe de guerriers menés par le Chasseur everien nommé Kiel.

Contrairement au jeune Prillon qui se battait contre Tane, Tyran était censé être le cyborg le plus puissant de la planète, avec ses implants qui ne se contentaient pas de remplacer certaines parties de son corps, mais qui étaient profondément incrustés dans ses muscles et dans ses os. C'était une légende dans les arènes, mais il avait cessé de se battre après s'être accouplé. Visiblement, il avait désormais des façons bien plus agréables de se défouler.

Je lui enviais cela.

Tyran se plaça au centre de l'arène et déclara que le gagnant était Tane. Braun se rassit, plus détendu à présent que Tyran était là. Ce guerrier ne laisserait pas les combats dégénérer, et il était assez fort pour maîtriser Tane, même si l'Atlan passait en mode bestial.

— Je t'avais dit que Tane gagnerait, me dit Braun.

— Ce n'est pas encore terminé, lui rappelai-je.

— Si. Il ne s'est même pas servi de sa bête.

Mais il le ferait. Nous savions tous les deux qu'il le ferait.

— C'était stupide de défier un Atlan, dis-je en parlant du jeune Prillon.

— Oui. Il n'y a que Tyran, ou peut-être le Chasseur, qui soit capable de battre l'un d'entre nous.

L'un d'entre nous. Il me comptait dans les rangs atlans, comme toujours, mais je n'étais pas l'un des leurs. Je ne pourrais jamais l'être.

Les deux combats suivants se passèrent comme prévu, jusqu'à ce qu'il ne reste plus que quatre combattants. Tane, deux guerriers prillons, et un Trion dont la peau luisait d'un reflet argenté à la lumière de l'après-midi. Je ne l'avais jamais rencontré, mais la rumeur disait qu'il était plus machine qu'homme, et que ses instincts de combattant étaient remarquables.

Tyran leva la main et attendit que le public se taise.

— Voici les quatre combattants toujours dans la course. Le hasard décidera de leur sort, dit-il en sortant un jeu de cartes, faces vers le bas. Ceux qui ont les meilleures cartes se battront en premier.

La foule poussa des exclamations alors que chaque guerrier tirait une carte et la brandissait. Les deux guerriers prillons s'affronteraient d'abord. Puis Tane se battrait contre le Trion. Ensuite, il n'en resterait plus que deux, et le dernier debout remporterait le combat.

Les quatre guerriers avaient tout l'air satisfaits. Confiants. Comme si Gwen leur appartenait déjà. J'avais envie de bondir dans l'arène et de leur mettre la pâtée, mais je n'osais pas bouger, pas même pour froncer les sourcils. Glacial. Je devais me montrer Glacial, comme Glace.

Un cri de rage féminin fendit l'air, et la foule en délire se tut.

La porte qui menait aux arènes s'ouvrit à la volée et heurta le mur dans un grand bruit alors que Gwen arrivait, vêtue d'une armure complète. Ses cheveux lui flottaient dans le dos comme des flammes noires, et la colère parcourait ses épaules, formant de petites vagues presque imperceptibles. Les yeux plissés, les muscles tendus, elle ressemblait à une déesse guerrière, trop belle pour être vraie. J'en eus le souffle coupé, et la voir me donna instantanément une érection.

Deux autres humaines, toutes deux accouplées à des guerriers de la Colonie, se tenaient derrière elle en file indienne, mais elles étaient fades comparées à l'ardeur de Gwen, et je ne leur prêtais aucune attention.

— Qu'est-ce que vous croyez faire, là ? hurla Gwen en direction de Tane, les poings serrés.

L'Atlan gigantesque sursauta, comme un petit garçon qui se ferait gronder par sa mère.

Tane semblait perplexe, puis il s'inclina devant elle.

— Ma Dame... Je...

— Ne vous avisez pas de m'appeler *Ma Dame* ! s'écria-t-elle en se plantant devant lui sans la moindre crainte.

À côté de moi, Braun avait du mal à contenir son rire, et ses épaules s'agitaient en silence alors qu'il regardait la scène. J'avais envie de lui donner un coup de poing, à lui aussi... parce qu'il avait eu raison, parce qu'il connaissait mieux Gwen que moi.

Couverts de sueur et de sang, les quatre guerriers se tournèrent vers elle comme un seul homme, pour plaider leur cause. Je ne parvenais pas à entendre ce qu'ils disaient, mais Gwen n'était pas contente. Elle se mit les mains sur les hanches, pencha la tête sur le côté en les écoutant et en réfléchissant. Mais ses yeux luisaient d'une fureur féminine. Bon sang, qu'est-ce qu'elle était belle !

Le sourire suffisant de Braun me fit serrer les poings alors qu'il se penchait en arrière et se mettait les mains derrière la tête pour s'étirer. Il était détendu. Amusé.

Je regardai de nouveau Gwen, craignant qu'en gardant les yeux rivés sur Braun, je finisse par frapper mon ami pour le débarrasser de son regard possessif et satisfait. Les hommes de l'arène n'avaient plus aucune chance avec elle, désormais. Braun n'avait qu'à attendre qu'elle les ait tous pulvérisés pour tenter le coup à son tour.

Le regard de Gwen balaya les gradins, et Braun retint son souffle alors que les yeux de la jeune femme se posaient rapidement sur lui, puis sur moi.

J'eus le souffle coupé. Son regard était comme un coup physique. Elle plissa les yeux, et ses joues rosirent davantage.

Oui, je voulais être celui qui la ferait rougir. Je me demandais jusqu'où s'étendait cette rougeur sous son armure, si ses tétons étaient de cette même teinte profonde.

Le moment ne dura qu'une seconde. Ce regard vague, puis insistant. Intense.

Gwen détourna les yeux et retroussa les manches de sa chemise d'uniforme, bien que j'ignore complètement pourquoi. Sa voix, quand elle prit la parole, n'était pas particulièrement forte, mais elle était glaciale. Dure.

— Vous voulez vous battre ? Très bien. C'est parti.

Dans un mouvement presque trop rapide pour être suivi des yeux, Gwen souleva le guerrier prillon le plus proche et le jeta encore plus loin que Tane l'avait fait plus tôt avec son adversaire. Le Prillon ne résista pas et se remit debout après sa chute, puis garda ses distances. Quand les trois autres guerriers reculèrent en gardant les mains devant eux, refusant manifestement de la toucher, elle s'avança et poussa le Trion. Elle attaquait en silence, chaque coup sur la chair masculine retentissant dans le silence pesant. Les spectateurs ne savaient pas quoi faire. Applaudir ? Grimacer ?

Le silence semblait la mettre en colère, car elle criait tout autant sur la foule que sur les quatre imbéciles qui se trouvaient encore dans l'arène.

— Allez. Allez tous vous faire foutre. Vous vouliez vous battre. Battons-nous.

— Gwen, tu es sûre que c'est une bonne idée ? Je pense que tu devrais attendre l'arrivée de Maxime, dit Rachel, la compagne du gouverneur.

Elle se tenait près de la porte ouverte et tentait de se faire entendre de son amie qui était furieuse, mais sans succès.

— Sortez de là, Mesdames, dit Gwen en regardant les deux autres humaines par-dessus son épaule et en agitant gracieusement la main. Ça n'a rien à voir avec vous. Il faut que ces idiots sachent à qui ils ont affaire. Pour qui ils se battent, comme des chiens pour un morceau de viande.

Kristin, la compagne de Tyran, éclata de rire et attrapa son homme par la main pour l'éloigner et l'empêcher de se mêler de ce qui se passait. Surprise, je regardai l'homme le plus fort de la planète laisser la petite humaine — *sa* compagne humaine— l'éloigner de la bataille. Braun avait raison. Kristin se croyait indépendante, croyait contrôler son compagnon. Il lui *permettait* de l'éloigner.

Kristin jeta un regard par-dessus son épaule, un grand sourire aux lèvres.

— Vas-y, montre-leur, copine.

Gwen lui sourit alors, un sourire froid. Sombre et menaçant.

— Oh, j'y compte bien. Je vais leur botter le cul.

J'avais le sentiment que ces guerriers avaient du souci à se faire.

2

Gwendoline Fernandez, La Colonie, dix minutes plus tôt...

La masse que j'abattais faisait plus d'un mètre de long. Son bout lourd et contondant était conçu pour pulvériser la pierre dans les grottes situées sous la surface de la Colonie. Elle avait été conçue pour un Atlan ou un guerrier prillon, pas pour une terrienne d'un mètre soixante-cinq.

Si j'avais été normale — toujours pleinement humaine —, je n'aurais pas été capable de soulever la masse, et encore moins de la brandir et de l'abattre sur le mur du salon de mon amie Kristin.

Ça faisait des heures que je maniais ma masse, j'étais à peine en sueur, et ma colère n'était pas soulagée pour un sou. J'étais comme un hamster dans une roue sur cette foutue planète, et tous les hommes immatures qui s'y trouvaient pensaient qu'il me fallait un protecteur, un grand mâle alpha qui me dirait quoi faire, quoi manger, comment m'habiller. Certains Prillons avaient proposé de me passer un *collier* autour du cou pour décrypter mes émotions ou je ne sais quoi.

Cette idée me donnait l'impression d'être envahie. Le chaos dans mon esprit n'était pas un endroit agréable, en ce moment. Je n'avais certainement pas besoin qu'un guerrier prillon — ou deux — y accède. Ce qu'ils y trouveraient les terrifierait certainement. Même moi, j'étais effrayée par la plupart des pensées qui me traversaient la tête. D'où la masse dans le mur de Kristin.

Je l'abattis une nouvelle fois, plus fort, et un pan de mur deux fois plus grand que moi tomba par terre d'un coup. Je n'entendis pas la porte s'ouvrir, mais ce fut forcément le cas, car je n'étais plus seule.

— Qu'est-ce que tu fous, Gwen ? Quand j'ai dit que je voulais abattre le mur pour agrandir la pièce, je ne pensais pas que tu le ferais maintenant, tout de suite.

La voix de Kristin parvint à percer le bruit que je faisais en réduisant le mur en miettes. Je regardai par-dessus mon épaule alors que la poussière qui voletait autour de moi me donnait l'impression d'être Pigpen dans *Snoopy*. Kristin portait son armure habituelle, comme si elle revenait de mission, ce qui était le cas.

— Ne t'en fais pas. J'ai fermé la porte de la chambre du bébé pour que la poussière n'y entre pas.

Kristin avait une magnifique petite fille et deux compagnons qui la traitaient comme une déesse.

Mais *elle*, on la laissait partir en mission. Pourchasser la Ruche. Ses compagnons devaient être les seuls extraterrestres sensés de cette fichue planète.

Et Kristin n'était même pas une cyborg. Elle était cent pour cent humaine. Une volontaire. Une Épouse Interstellaire envoyée par la Terre quand elle s'était montrée compatible avec son compagnon principal, Tyran, un

Prillon dur à cuire qui avait à peu près la même quantité d'implants cyborgs que moi. Tyran était fort. Super fort. L'un des deux seuls guerriers de la planète que j'étais certaine de ne pas pouvoir battre.

Et il avait déjà une compagne, Kristin. Je chassai Tyran de mes pensées. Je n'aurais jamais couru après un homme accouplé, mais il n'était pas du tout intéressé par moi, de toute façon. Il n'avait d'yeux que pour Kristin. Et c'était bien normal.

L'autre homme de la Colonie qui me faisait fondre ? Eh bien, c'était un solitaire. Discret. Costaud. Tous les gens à qui j'avais posé la question m'avaient dit qu'il était Atlan, mais je trouvais qu'il avait quelque chose de différent. Quelque chose qui m'embrasait. De tous les hommes que j'avais rencontrés depuis que l'on m'avait interdit de rentrer sur Terre et que l'on m'avait laissée pourrir ici, c'était le seul qui m'intéressait un tant soit peu.

Makarios.

Alors évidemment, c'était le seul qui n'avait montré absolument aucun intérêt pour moi. Aucun. Pas un seul regard volé. Nada.

Rien du tout.

La seule chose qui sauvait mon ego piétiné, c'était qu'il ne semblait parler à personne —homme ou femme—, à part aux deux autres Atlans avec lesquels il avait échappé à la Ruche. Braun, Tane et Makarios. Les trois mousquetaires atlans. Ils étaient tous très beaux, je devais bien l'admettre. Mais quelque chose chez Makarios m'intriguait.

Les autres l'appelaient Mak, mais quand je le regardais, je devenais incapable de réfléchir. Même son nom était érotique. Je le voulais. Je voulais qu'il vienne à bout de ma maîtrise de moi. Je ne voulais pas passer ma vie avec lui, juste assez longtemps pour m'amuser un peu. Ma traversée du désert sexuelle était longue comme le bras. Trop longue pour me passer d'un orgasme provoqué par un homme. Ou deux. Enfin, avec Mak, il y en aurait sans doute au moins trois, j'en étais persuadée.

Tout le monde savait qu'il ne voulait pas de compagne. La rumeur disait qu'il avait récemment tenté de s'échapper de la Colonie — sans succès, de toute évidence —, et qu'il n'était même pas membre de la Coalition, mais un paria originaire de Rebelle 5. Il était peut-être mi-Atlan, mi-créature sexy venue de la planète principale de Rebelle 5, Hypérion. Tout ce que j'avais entendu de Rebelle 5, c'était qu'il s'agissait d'une bande de pirates et de contrebandiers qui faisaient partie de gangs très stricts. J'avais entendu dire que si Mak s'était fait capturer par la Ruche, c'était seulement parce qu'il était en prison sur un vaisseau de la Colonie quand la Ruche avait attaqué. Qu'il n'était qu'un criminel de Rebelle 5 avec un manque de bol impressionnant. Mauvais endroit, mauvais moment, et voilà qu'il se retrouvait avec des implants de la Ruche, condamné à rester coincé sur la Colonie.

Mais quand je le regardais dans les yeux, je ne voyais pas un criminel. Je voyais une colère et une agitation que je ne comprenais que trop bien. Nous étions pareils, Makarios et moi. Pris au piège. Prisonniers.

Des monstres.

J'abattis ma masse. Plus fort.

Le pan de mur explosa dans un nuage de fumée...

... et le plafond se fendilla au-dessus de nos têtes.

— Bon sang, Gwen, ça suffit ! s'exclama Kristin en parcourant la distance qui nous séparait pour me prendre la masse des mains.

Je souris lorsqu'elle la lâcha avec une exclamation.

— La vache, comment tu arrives à soulever ça ?

— Force de monstre, tu te souviens ?

Je m'étais introduite par effraction dans son appartement pour m'occuper du mur en son absence. Elle avait eu cette idée autour d'un verre de vin atlan, l'un des rares plaisirs de cette planète de malheur. Mais savoir qu'elle sortait se battre pendant que j'étais obligée d'entrer par effraction chez elle pour m'occuper un peu les mains avait rendu la destruction un peu moins satisfaisante que prévu. Cela valait tout de même mieux que de retourner dans le bureau du gouverneur pour me disputer de nouveau avec lui. Et beaucoup mieux que de descendre à la cafétéria pour me faire mater comme une jument à un rassemblement de chevaux.

— Arrête de dire ça. Si tu étais un monstre, tous les hommes de la base ne seraient pas en train d'essayer d'attirer ton attention.

— Tu ne crois pas que ça a un rapport avec le fait que je suis la seule femme célibataire à des années-lumière à la ronde ? Tu te souviens du jeu où on demandait à quelqu'un avec qui il voulait se retrouver sur une île déserte ?

— Je choisissais toujours Nick Amaro de *New York Unité Spéciale,* dit Kristin en riant.

Je faillis m'étouffer, mais je me mis plutôt à tousser, en chassant le nuage de poussière qui m'entourait pour dissimuler ma réaction.

— Sérieusement ?

Ce personnage de série était très populaire sur Terre. Ou en tout cas, c'était le cas quand j'avais quitté ma planète. C'était un dur à cuire qui attrapait toujours le méchant. Et je savais que Kristin avait fait partie du FBI. Mais quand même.

— Pourquoi ? demandai-je.

Kristin ferma les yeux, et son visage prit une expression rêveuse.

— Ses yeux sont tellement pleins de passion, tu sais ? Et il avait cet uniforme, et ces menottes. Son flingue. Il était fort et sexy, et...

— Autoritaire et dominateur, tout comme Tyran et Hunt.

Kristin ouvrit les yeux. Elle riait, à présent.

— Oui, sans doute.

Je fis un signe de tête vers la chambre.

— Ai-je besoin de demander si les liens accrochés aux quatre coins du lit sont là pour toi ou pour tes compagnons ?

— Motus et bouche cousue, dit Kristin en baissant les yeux par terre, mais son rougissement était évident ; ses compagnons la satisfaisaient parfaitement, avec ou sans liens. Mais je crois que toi aussi, tu as besoin d'un justicier avec des menottes, si tu vois ce que je veux dire.

— Ouais, et bien, ce n'est pas près d'arriver, dis-je en lui montrant les gravats par terre. Tu voulais refaire la pièce, et j'avais besoin de me défouler un peu.

Tout était en morceau. Le mur solide n'avait aucune chance face à ma force. Ma force cyborg. La Ruche m'avait transformée en une dure à cuire. En femme bionique. Le matériau fait pour construire ce mur s'était écroulé sous mes coups de masse comme une maison en pain d'épice sous la botte d'un enfant. Ouais, être forte, très forte, était une bonne chose. Je n'avais pas à craindre qu'un homme ait les mains baladeuses — si je n'étais pas consentante —, car j'étais largement capable de me défendre. Mais c'était également l'une des raisons de ma colère.

Kristin éternua.

— Te défouler un peu ? Il faut appeler un chat un chat, ma sœur. Ce n'est pas ici que tu trouveras ce que tu cherches.

Je fronçai les sourcils.

— Ouais, et ben en attendant, tu as la grande pièce que tu voulais, dis-je en lui montrant le mur presque complètement détruit.

— C'est vrai, concéda-t-elle en poussant des gravats du pied. J'imagine que tu n'as pas l'intention de nettoyer derrière toi ?

J'éclatai de rire.

— Certainement pas. Moi, je m'occupe seulement de la démolition. Tu as deux hommes musclés pour porter les débris.

Elle leva les yeux au ciel, mais elle souriait.

— Ils ne vont pas être contents du tout.

Je m'en fichais. J'avais besoin de casser quelque chose, et elle m'avait donné l'occasion de détruire des choses sans avoir d'ennuis avec le gouverneur.

Encore des ennuis.

— Écoute, j'ai essayé de me mêler de mes affaires, lâcha-t-elle.

— Ah bon ?

— Oui, j'ai vraiment essayé. Mais sérieusement, pourquoi tu as fait ça, en vrai ? demanda-t-elle en me montrant les gravats.

Ses yeux ne comportaient aucun jugement, seulement de la curiosité. C'était une femme. Un agent du FBI. Elle restait un soldat, son armure et l'arme qu'elle portait à la hanche en étaient la preuve. Si quelqu'un pouvait me comprendre, c'était bien elle. Pas Rachel, la scientifique de génie, ni Lindsey, la journaliste. J'avais entendu parler d'une autre humaine, mais elle ne vivait pas sur la Colonie. C'était une ancienne instructrice de l'Académie de la Coalition qui s'était accouplée à un Atlan de la Colonie, mais ils se trouvaient dans l'espace à mener des missions top secrètes ensemble. Dans. L'espace. Pas coincés, piégés sur une planète d'exilés.

Et moi, l'ancienne militaire membre de l'équipe de Reconnaissance de la Coalition durant quatre ans, je me retrouvais là, avec ma force exceptionnelle et mes implants cyborgs monstrueux. J'avais vécu l'enfer, et j'en étais sortie plus forte. Plus rapide.

Seule.

Et le gouverneur refusait de me laisser quitter la planète. De partir en mission. De faire quoi que ce soit d'amusant. J'avais l'impression d'être l'Incroyable Hulk sans rien à détruire.

Et tous ces hommes qui voulaient me revendiquer ? Ils ne me connaissaient pas. Je n'avais même pas eu de conversation avec la plupart d'entre eux. Je n'avais pas été appairée par le Programme des Épouses Interstellaires. J'étais une femme. Disponible. En âge de procréer.

Peut-être. Après ce que la Ruche m'avait fait, je ne savais même pas si je pouvais avoir des enfants, et encore moins les élever. Et je n'avais pas pris la peine de demander aux médecins de l'infirmerie, car passer un examen gynécologique dans l'espace après tout ce que j'avais vécu n'était pas alléchant du tout.

Kristin continuait de me fixer, dans l'attente d'une réponse que j'étais trop fière pour lui donner.

— Tout va bien. Je suis ton amie et je te donne un coup de main, c'est tout.

Elle me jeta un regard qui voulait dire « meuf, je ne suis pas née de la dernière pluie ».

— Si tu voulais me donner un coup de main, tu m'aiderais à faire disparaître tout ce bazar avant le retour de mes compagnons. Qu'est-ce qui se passe, Gwen ?

— Tu connais la réponse, grommelai-je en saisissant le manche de la masse et en m'y appuyant.

Elle haussa les sourcils et attendit.

— Les hommes... ils se comportent bizarrement en ma

présence. Ils sont agaçants. Et je ne peux pas partir en mission. Le gouverneur m'a punie tant que je ne serai pas accouplée. Ce qui est ridicule et carrément injuste. Je suis prisonnière. Je ne peux pas me battre. Je ne peux pas piloter. Je ne peux pas rentrer chez moi. Je perds la boule, sur cette planète.

Kristin garda le silence pendant que je me plaignais, que je critiquais sa nouvelle maison, l'endroit que le Programme des Épouses avait jugé le plus compatible avec elle. Elle avait *choisi* de venir ici, d'y rester de manière permanente. C'était sa vie, et elle semblait heureuse. Mais je n'avais pas ma place ici, et le fait que le gouverneur m'interdise de partir en mission, ou au moins de sortir me faisait perdre l'esprit. Tous les regards lubriques n'arrangeaient rien, et me donnaient encore plus l'impression d'être un monstre. J'aurais pu avoir tous les hommes que je voulais, et pourtant, je me sentais plus seule que jamais. Quelle ironie !

À mes mots, Kristin se mordit la lèvre et grimaça.

— Eh merde ! Il faut que je te dise quelque chose. Ne te fâche pas, s'il te plaît. J'espérais que c'était une blague, que ça se tasserait, mais...

— Quoi ? demandai-je.

Je la connaissais depuis peu de temps, mais j'arrivais facilement à la déchiffrer, et son visage pâle et ses yeux baissés ne me disaient rien qui vaille.

— Ça ne va pas te plaire du tout.

— Quoi ? Crache le morceau.

La peur s'enroula autour de mon estomac comme le nuage de poussière autour de moi.

— Tu vois le capitaine Marz, le Prillon ?

— Oui.

Je le connaissais plutôt bien. J'avais dû lui refuser l'entrée de ma chambre plusieurs fois au cours des semaines précédentes. Il n'était pas si terrible. Il faisait des efforts. Il m'apportait des fleurs, même. Je soupçonnais Rachel ou Kristin de l'avoir conseillé, sur ce coup-là. Mais il n'y avait pas l'étincelle. Quand je le regardais... je ne ressentais rien.

— Il a organisé un tournoi. Ils se trouvent dans les arènes en ce moment même pour déterminer qui aura le droit de te revendiquer.

Déterminer qui aura le droit de te revendiquer.

— Tu plaisantes ? Ce n'est pas drôle du tout.

Elle se prit le visage dans les mains comme si elle avait peur de me regarder. Elle secoua la tête.

— Non. Il y a huit guerriers. Le gagnant a le droit de te revendiquer. Ils se sont tous mis d'accord sur les termes de ma compétition. Le reste des guerriers prend les paris. Toute la base avait le choix : participer au tournoi, ou te laisser tranquille. Tane, l'Atlan, est le favori.

— QUOI ? rugis-je.

Je ramassai la masse et abattis le dernier pan de mur avec plus de force que nécessaire. Non seulement il se déplaça, mais il vola à travers la pièce et atterrit sur la table à manger de Kristin, tordant sa surface de métal.

— Et le gouverneur a donné son accord ? demandai-je.

J'allais le tuer, ce Prillon. J'allais devoir supplier Rachel de me pardonner quand je l'aurais achevé, mais c'était trop pour moi.

— Je ne crois pas, répondit Kristin.

Ouf. Je n'aurais pas besoin de l'assassiner.

— Et Rachel et moi venons tout juste d'être mises au courant. Elle arrive. Elle devait envoyer quelqu'un chercher Maxime. Il est dans l'une des mines, et les systèmes de communication sont coupés. Je suis d'abord allée chez toi. Quand j'ai vu que tu ne t'y trouvais pas, je suis venue ici.

— Je n'arrive pas à y croire, dis-je. C'est barbare.

Et blessant. Et amoral. Comment pouvaient-ils prétendre décider à qui j'appartiendrais ? Avec qui je devais coucher ? Et sans me demander la permission ? C'était quoi ? Le XVIe siècle ?

Les fleurs n'avaient pas fonctionné, alors le capitaine Marz avait décidé de mettre le reste de la base au défi de participer à un tournoi avec moi comme récompense ? Et qui étaient les idiots qui avaient accepté ?

Toute la base, apparemment.

Et si je décidais que je voulais quelqu'un d'autre ? Un terrien ? Un Chasseur, comme Kiel ? Mais hors de question que je choisisse un Prillon. Toute cette histoire de collier et de télépathie, très peu pour moi. Et deux compagnons ? Ou trois, comme les Vikens s'étaient mis à le faire, selon la rumeur ? Euh, non merci. Un homme me suffisait. Surtout s'il était grand, féroce et qu'il ressemblait à Makarios.

Eh, merde ! Non, c'était impossible. Je ne les laisserais pas faire.

— Ils se battent dans l'arène ? En ce moment même ?

— Suis-moi. C'est plutôt sexy, non, de penser que les hommes les plus forts et les plus canon se battent pour t'avoir ?

Elle se posa une main sur le cou et ses doigts effleurèrent le collier vert qui s'y trouvait d'un air excité. Ses compagnons étaient incroyables. J'étais d'accord. Mais ils avaient été accouplés. Ils s'étaient choisis.

Ils ne l'avaient pas obligée à les accepter après s'être battus comme des chiffonniers avec les autres garçons de la cour de récré.

— Non, pas du tout, rétorquai-je. Je ne suis pas un putain de prix à remporter. Je ne suis pas un objet. Y a pas moyen.

Ma pauvre mère aurait été horrifiée par mon langage. Mais je m'en fichais. Quelque part entre mon enfance passée à jouer à la poupée et à cuire des gâteaux pour faire plaisir à papa et maintenant, j'avais perdu l'envie de faire plaisir aux autres à tout prix. C'était peut-être à cause des parties cyborg. Ou peut-être à cause de toutes ces années à mener cette guerre, à regarder des gens mourir, à tout prendre à cœur. Quelque part entre ces deux moments, j'avais perdu la capacité de supporter qu'on me dicte ma conduite. Et là, mes limites étaient allègrement dépassées.

Kristin leva le menton.

— Alors, fais quelque chose, dit-elle en regardant le salon, que j'avais massacré. Va tabasser quelques extraterrestres avant que le plafond nous tombe sur la tête. Je t'en supplie.

Je me frottai les mains en souriant. J'étais forte. Plus fortes que les hommes qui avaient fait de moi leur récompense.

— Bonne idée, dis-je.

Je la dépassai d'un pas lourd, et je me dépêchai de longer le couloir et de sortir. Au loin, j'entendais Kristin parler dans son bracelet de communication alors qu'elle me suivait.

— Rachel, rends-toi aux arènes. Gwen a besoin qu'on la soutienne.

Elle venait avec moi, et ça ne me dérangeait pas. Comme leurs compagnons ne se battaient pas pour obtenir mes faveurs, ils ne se trouveraient pas dans l'arène pour subir ma colère.

Qu'on me soutienne ? C'était gentil de sa part, mais ce n'était pas comme si elles pouvaient beaucoup l'aider. J'étais indestructible, depuis mon séjour aux mains de la Ruche. Plus forte que presque tous les hommes de la planète. Encore plus que le Chasseur everien, Kiel. Ils pensaient peut-être pouvoir me gagner, mais ils se trompaient.

Carrément. Et si je devais défoncer quelques crânes pour le prouver, je le ferais. Une bonne fois pour toutes.

Dix minutes plus tard, je ne me sentais pas mieux. En fait, si j'avais eu ma masse, j'aurais réduit l'arène en morceaux.

— Pourquoi vous refusez tous de m'affronter ? lançai-je à la ronde.

Je respirais fort, pas parce que j'étais fatiguée à force de balancer les hommes d'un bout à l'autre de l'arène, mais parce que j'étais en colère. Tellement pleine de fureur que je voyais rouge. Ma pression artérielle atteignait des sommets, et mon sang me battait aux tempes comme les basses à une *rave party*. Mais la part cyborg de moi ne ressentait rien. Je voyais clair, et mon corps était plein d'énergie. C'était mon esprit qui était sens dessus dessous, mon cœur qui se brisait.

Et je n'avais pas cru qu'il lui était toujours possible de se briser. Je m'étais trompée.

— On ne veut pas te faire de mal, dit un homme courageux.

— On ne se bat pas contre les femmes.

Ça, c'était Tane, l'Atlan. Un ami de Makarios. Il semblait plutôt sympathique, mais rien ne pourrait compenser le fait que je ne voulais tout simplement pas de lui. Je ne voulais aucun de ces mâles alpha trop enthousiastes. Le fait qu'ils me voient comme un prix à gagner les disqualifiait automatiquement dans mon esprit.

S'ils avaient fait attention à ce que je disais depuis des semaines, ils l'auraient su.

Mais ce n'était pas moi le sujet. C'était eux. Qui était le

plus grand ? Le plus fort ? Qui était un tas de muscles assez audacieux pour me dire à qui je devais donner mon corps ?

Je regardai Tane et plissai les yeux.

— Oh, vous êtes capables de vous battre pour moi comme des petits garçons pour un nouveau joujou ? Vous êtes prêts à coucher avec moi, à vous accoupler avec moi, mais pas à vous battre avec moi ?

Plutôt mourir que de laisser l'un d'entre eux me toucher, à présent, et j'étais convaincue que cette opinion était très claire dans mes yeux alors que je m'adressais à l'Atlan. Il se ratatina devant moi comme si j'allais lui faire du mal, puis hocha la tête et s'inclina.

Trop tard pour ça, gros con.

— Tu es une femme très désirable. Nous t'honorons grâce à ce combat mené pour décider qui aura le droit de te courtiser.

Je n'arrivais pas à croire que les coutumes puissent être aussi différentes d'une planète à l'autre. Je n'étais pas sur Terre. Je tentai de m'en souvenir pour apaiser ma colère. Il croyait être courtois, galant. Respectueux.

— Alors, je n'ai pas mon mot à dire ? Je n'ai pas le droit de choisir si je peux me battre ? Avec qui coucher ? Avec qui m'accoupler ? Je n'ai aucun choix ? C'est comme ça que vous traitez vos femmes ? Aucun choix. Aucun désir. Pas même une conversation ou un dîner ? On passe directement au titre de propriété pour son corps, et elle n'a pas son mot à dire ?

Ma voix était basse, froide. Je laissais mes implants cyborgs m'aider à me maîtriser, et j'espérais parler comme une machine plutôt que comme une romantique au cœur brisé qui se vidait tranquillement de son sang. À présent, je n'étais plus simplement un monstre qui ne pouvait plus rentrer sur Terre. À présent, j'étais un bout de viande pour lequel on se battait.

— Ma Dame...

Je me retournai et regardai l'homme qui m'avait appelé comme ainsi.

— Ne vous avisez pas de m'appeler...

— Ça suffit ! coupa la voix du gouverneur.

Le gouverneur Maxime Rone s'avança avec l'air d'un homme qui avait l'habitude qu'on lui obéisse. Rachel se tenait à ses côtés et courait presque pour garder l'allure pleine de rage de son compagnon alors qu'il se dirigeait vers le centre de l'arène. Il portait les vêtements décontractés de quelqu'un qui passait plus de temps en salle de réunion que sur le terrain, le collier cuivré autour de son cou était la réplique parfaite de celui de Rachel. Le lien qu'il partageait m'agaçait au plus haut point en cet instant. Maxime avait beau faire un travail de bureau, il restait un guerrier prillon avec des années d'expérience de la guerre. C'était une force à ne pas sous-estimer, il était très respecté et élu au poste de gouverneur de la Base 3. Les autres hommes s'en remettaient à son jugement.

Mais je n'étais pas un homme. Et je n'avais pas ma place sur cette planète.

Je jetai un regard noir à Rachel.

— Dix minutes de plus, et j'aurais pu l'achever, dis-je.

Elle me sourit et haussa les épaules d'un air penaud.

— Je ne voulais pas que tu sois blessée.

Comme si c'était possible. Je levai les yeux au ciel.

— Les hommes t'ont montré un grand respect en refusant de se battre avec toi, dit Maxime.

Malheureusement, sa voix portait très bien, car les spectateurs tapèrent du pied et applaudirent en entendant ses mots. Le gouverneur croisa les bras et baissa les yeux vers moi. Il était très grand, plus de deux mètres dix, et sa peau cuivrée, ses cheveux noirs et ses yeux marron me faisaient penser à un gâteau au chocolat fourré au beurre de cacahuètes. Bien sûr, je ne lui aurais jamais dit ça en face. Ni à Rachel. Et en cet instant, son ton n'avait rien d'onctueux.

Seigneur, qu'est-ce que le chocolat me manquait !

— Je suis plus forte qu'eux. Je suis un soldat, un membre de la Flotte de la Coalition, contrai-je. J'ai connu tout autant de batailles que ces hommes, voire plus.

Il hocha la tête d'un air décidé.

— C'est vrai, mais vous restez une femme. On ne fait pas de mal aux femmes, ici, même pour jouer. Si vous vous battez, faites-le contre vos ennemis. Nous ne sommes pas vos ennemis. Vous demandez à ces hommes de se déshonorer et de déshonorer leurs familles en leur demandant de se battre contre vous.

Je poussai un soupir et jetai un regard à Tane. L'Atlan recommençait à prendre un air suffisant, ce qui ne fit que raviver ma colère.

— C'est injuste et sexiste.

— Pas du tout. Vous venez de la Terre, vous ne connaissez pas bien les coutumes prillonnes, atlannes et même trionnes. Ni celles des autres planètes. Les femmes sont sacrées. Respectées. Faire du mal à une femme ou à un enfant, c'est trahir tout ce pour quoi nous nous battons, tout ce que nous protégeons au prix de grands sacrifices.

— Pourquoi c'est moi qui a des ennuis ? demandai-je en agitant le bras autour de moi. Ce sont ces hommes des cavernes qui se sont mis en tête d'organiser un combat pour décider de celui qui pourra me revendiquer.

Ils hochèrent tous la tête, pas gênés du tout. En sang, en sueur et vêtus d'habits déchirés, ils ne niaient pas leurs actes.

— Ce n'est pas une mauvaise idée.

— Vous vous foutez de moi ? m'écriai-je, exaspérée.

Je me tirais les cheveux, faisais les cent pas. Je ne pouvais pas me battre. Que pouvais-je faire ? J'étais *piégée* sur cette planète. Mise en cage, comme un animal sauvage.

— Vous vous emportez, Lieutenant.

— Je ne m'emporte pas, Gouverneur. Je suis en cage. Prise au piège.

Je continuai de marcher jusqu'à me retrouver nez à nez avec lui, et je levai les yeux pour croiser son regard. La résignation que j'y lus me contracta le cœur de panique. Il était sur le point de faire quelque chose qui n'allait pas me plaire du tout. Je le voyais dans son air calme et plein de regrets, dans le profond soupir qui quitta sa poitrine.

— Non. Pas ça. Laissez-moi simplement partir en mission. Laissez-moi attaquer la Ruche plutôt que ces types, dis-je en montrant les quatre guerriers qui s'étaient battus les uns contre les autres pour m'avoir, mais qui avaient refusé de se battre contre *moi*.

Le gouverneur secoua lentement la tête.

— Je ne peux pas permettre à quelqu'un d'aussi instable de partir en mission. Je veux bien admettre que le fait que ces hommes aient choisi de prendre votre destin en mains à votre place n'est pas l'idéal mais ils n'ont pas tort. Vous avez besoin d'un compagnon.

— Je préfère encore me battre à mort plutôt que d'accepter ça.

— Et je vous jetterai en prison jusqu'à ce que vous vous calmiez.

Il leva les doigts et allait presque me les poser sur les lèvres quand je pris une nouvelle inspiration pour répliquer. Le choc de ce quasi-contact me fit marquer une hésitation, et il reprit :

— Ce n'est pas simplement vous, mais aussi ces hommes. Le désir qu'ils ont de vous revendiquer les rend presque sauvages. Cette base commence à perdre les pédales, des années de travail et de discipline se délitent, tout ça à cause d'une femme non accouplée. La première et unique mission que je vous ai confiée a fini en désastre. Vous avez la mémoire courte ?

— Non.

Je n'avais pas oublié une seule seconde de ce fiasco. Deux guerriers prillons avaient décidé qu'ils me revendiqueraient pendant notre voyage. L'Atlan et les deux autres Prillons de la mission avaient refusé de les laisser m'approcher. Une énorme bagarre avait éclaté, et l'Atlan était passé en mode bestial et avait détruit deux navettes dans le hangar avant qu'assez d'hommes viennent séparer les combattants. Et tout cela n'avait aucun rapport avec la mission qui nous avait été confiée.

— Ordonnez-leur de me laisser tranquille, alors.

— Ils ne sont pas humains, Gwendoline. Vous ne pouvez pas vous attendre à ce qu'ils se comportent comme les hommes terriens. Ce sont des guerriers de la Coalition, et vous voir vous balader sans compagnon et sans protecteur sur la base leur fait perdre la tête. Ça va contre notre nature. Je ne le tolérerai pas plus longtemps. Je ne peux pas, dit-il d'un ton catégorique.

— Alors, vous allez les laisser se battre pour moi ? Laisser le gagnant m'emporter ? demandai-je, sous le choc.

J'en avais la nausée. Les quatre hommes qui se tenaient devant moi avaient beau être séduisants et étaient des spécimens masculins impressionnants, aucun ne me plaisait. Celui qui m'intéressait se trouvait dans les gradins. J'avais croisé le regard de Mak, le bel Atlan sexy et ténébreux, quand je l'avais aperçu parmi la foule. Et ce regard avait suffi pour me durcir les tétons et me contracter le sexe dans mon impatience d'être prise. Par lui. Oh, oui, c'était un alien plein de passion. C'était leur cas à tous, sur la Colonie, mais Mak avait quelque chose de différent, qui me mettait dans tous mes états.

— Absolument pas, dit le gouverneur. Ma compagne m'a beaucoup appris.

Il se retourna pour regarder Rachel, qui sourit et alla se placer à ses côtés. Il leva le bras pour l'attirer contre lui, puis le lui plaça autour des épaules en la caressant distraitement du bout des doigts.

— Vous choisirez vous-même votre compagnon. Pas un seul homme présent ici ne vous dirait non.

La foule acquiesça en rugissant, et j'eus l'impression d'être un insecte sous une loupe. Tous les regards étaient à présent tournés vers moi, seulement sur moi. Ils me criaient des choses. Tentaient de me séduire en bandant les muscles et en me jetant des œillades. Seigneur. Le gouverneur venait d'ouvrir la boîte de Pandore.

— Très bien. Je me choisirai un compagnon, dis-je avec un hochement de tête, soulagée. C'est d'accord. Je peux y aller, maintenant ?

Alors que je faisais un pas vers la porte que j'avais ouverte à la volée, il me lança :

— Vous choisirez un compagnon *maintenant*. Immédiatement. Avant de quitter l'arène.

Je me figeai et tournai les talons.

— Maintenant ?

— Maintenant, répéta-t-il. Vous avez besoin d'un compagnon, d'être revendiquée et marquée pour que le reste des hommes sachent à qui vous appartenez...

— À qui j'appartiens ? répétai-je.

Il poursuivit comme si de rien n'était.

— Et qu'ils cessent de se bagarrer dans la cafétéria, dans la cour extérieure ou dans ces arènes.

— Vous êtes sérieux ?

Il m'adressa un hochement de tête décidé.

— Très. Choisissez un compagnon, ou on en choisira un pour vous.

— Voilà. Faites comme le gouverneur vous l'ordonne. Peut-être que là, vous serez trop occupée pour dévaster nos appartements, intervint Tyran, qui s'était placé derrière Kristin.

Elle leva les yeux au ciel, puis m'adressa un clin d'œil.

— Maintenant, répéta le gouverneur d'un ton autoritaire.

Le fait que j'aie détruit la propriété de quelqu'un lui donnait une raison de plus pour m'imposer ce choix hâtif. Il leva une main pour faire taire la foule, et les cris laissèrent place aux chuchotements en quelques secondes alors que tous les hommes de l'assistance me regardaient avec espoir.

Je jetai un rapide regard aux gradins. Trouvai Makarios. Détournai les yeux.

Tous les hommes sauf *un*.

Bon sang. Makarios faisait la tête, les bras croisés sur la poitrine, le visage aussi insondable qu'une dalle de pierre. C'était comme s'il regardait l'herbe pousser.

— Mais...

— Une fois accouplée, vous ne serez plus une telle source de chahut. Vous serez réintégrée dans les rangs et vous pourrez partir en mission, ajouta-t-il.

Je me mordis la lèvre en entendant ces mots. En voyant la carotte qu'il me tendait en même temps que le bâton.

Je baissai la tête et le regardai entre mes cils. Bon, j'allais tenter le coup.

— Permettez-moi de répéter, pour m'assurer que tout soit bien clair. Si je prends un compagnon, je pourrai repartir en mission, et même combattre la Ruche.

— C'est exact.

Il ne me l'aurait pas affirmé s'il ne le pensait pas. C'était le gouverneur, bon sang. Et il l'avait dit devant tout un tas de gens. De témoins. Il ne pouvait plus revenir dessus, à présent.

Je ne pouvais pas rester sur la Colonie, à terre, une journée de plus. L'occasion était trop belle. J'avais simplement besoin d'un compagnon. Qu'est-ce que ça pouvait faire ? Nous pourrions coucher ensemble, nous amuser un peu, et ensuite, je pourrais partir en mission. Faire ce que je voulais. Pas d'attaches, seulement du bon temps. N'importe lequel de ces types serait bon au lit. Mais il n'y en avait qu'un qui me donnait envie de le faire. Et tout de suite.

Encore mieux, il était bien connu qu'il ne voulait pas du tout de compagne. Je n'avais certainement pas besoin d'un mâle alpha qui me donnerait des ordres en croyant que je lui *appartenais*. J'avais besoin de liberté, et d'une bonne partie de jambes en l'air.

Sans un regard vers les gradins, je me concentrai sur celui qui me faisait tourner la tête, qui pourrait me donner orgasme sur orgasme entre deux missions. Le simple fait d'imaginer les mains de Mak sur mon corps, son sexe en moi, me faisait brûler de désir.

Ses yeux, clairs et pénétrants, soutiendraient mon regard alors qu'il me donnerait des coups de reins. Sa peau était bronzée, sa mâchoire carrée. Avec ses cheveux un peu trop longs pour être en service dans l'armée, il sortait du lot. Même vêtu de l'uniforme standard de la Coalition, il se faisait remarquer. Plus grand que les autres Atlans, c'était un géant boudeur et discret, et j'avais envie de le percer à jour. De découvrir ce qui l'excitait. Ce qui le mettait dans tous ses états.

Rien chez lui ne confirmait ouvertement qu'il n'était pas du tout un guerrier de la Coalition. Mais je croyais les rumeurs. Et les gens bien informés disaient qu'il s'agissait d'un rebelle et d'un contrebandier de Rebelle 5. Qu'il brisait la loi aussi facilement qu'il pouvait briser des os. Que son code de l'honneur et sa loyauté allaient à sa Légion, située sur une partie de la lune rebelle en orbite autour de la planète Hypérion. Qu'il était *différent*. Exceptionnel. Unique dans toute la galaxie. Qu'il n'y en avait pas deux comme lui.

Exactement comme moi.

Je me mis les mains sur les hanches. Du sexe passionné. Pas de sentiments. Nous obtiendrions tous les deux ce que nous voulions.

— Très bien.

Le gouverneur haussa les sourcils.

— Vous cédez si facilement. J'aurais dû vous donner cet ultimatum il y a plusieurs jours. La base ne serait pas aussi chaotique.

Je retroussai les lèvres, mécontente qu'il me juge responsable de toute cette folie. Ce n'était pas ma faute si ces types se comportaient comme des hommes des cavernes.

— Combattants, vous vous êtes battus dans les arènes pour cette femme. L'autoriserez-vous à choisir un compagnon ?

Les quatre hommes bombèrent le torse et levèrent le menton. Ils hochèrent la tête et donnèrent leur accord, chacun d'entre eux sans doute persuadé qu'il serait l'heureux élu.

— Qui choisissez-vous, Gwendoline Fernandez de la Terre ? Votre décision ne sera pas remise en question, votre réponse sera définitive. Veuillez me donner le nom du guerrier que vous choisissez et sa planète d'origine, pour qu'il n'y ait pas de confusion. Qui sera votre compagnon ?

Ce n'était pas comme ça que je m'étais imaginé trouver un mec, mais l'occasion était trop belle pour que je la laisse passer. Un sexe impressionnant rattaché à un mec sexy et ma liberté en prime ? Je pourrais partir en mission, quitter cette planète pour un temps. Le gouverneur se montrait généreux. Si je ne donnais pas mon accord, il me priverait sans doute de ce choix. Je serais accouplée à quelqu'un dans l'heure, quelqu'un qu'il choisirait sans doute lui-même. Soit je choisissais ma destinée, soit je laissais cette décision être prise sans mon consentement.

Toute cette situation était injuste, mais ainsi allait la vie sur la Colonie. Une suite de trucs qui craignaient. Les hommes d'ici s'en sortaient encore plus mal que moi, pour être honnête. Je pouvais choisir parmi des centaines d'hommes virils, sexy et passionnés. Eux avaient pour seul espoir d'être appairés à une femme par le Programme des Épouses, et ça, c'était seulement si le système leur trouvait une compagne compatible. Ils ne pouvaient qu'espérer de recevoir une épouse... ou moi.

Je regardai les quatre hommes devant moi, puis je levai les yeux vers les gradins. Vers lui. Je levai la main et le montrai du doigt, en prenant une grande inspiration pour me calmer. J'ignorais comment les choses allaient se passer, s'il serait content ou horrifié. S'il serait intéressé ou s'il me détesterait de l'avoir piégé ainsi. Mais je savais deux choses. Premièrement, je voulais qu'il me prenne passionnément. Je voulais le toucher. Humer son odeur. Je voulais sentir sa peau contre la mienne.

Et deuxièmement ? Si la rumeur disait vrai, et je pensais que c'était le cas, Mak ne voulait pas de compagne. Il n'avait pas plus envie que moi d'être sur cette planète. Nous étions coincés tous les deux. Prisonniers. Nous pourrions nous amuser ensemble tout en arrivant à nos propres fins.

De tous les hommes présents, c'était le seul qui pourrait me donner ce que je voulais vraiment... du sexe torride sans attaches. En plus, s'il fallait que je choisisse, je me laisserais guider par ce que souhaitait mon corps traître.

— Je choisis Makarios Kronos de Rebelle 5.

Personne ne dit un mot. L'arène et les gradins étaient plongés dans le silence. Lentement, il se leva.

Nos regards se croisèrent.

Restèrent braqués l'un sur l'autre.

J'oubliai de respirer.

Autour de nous, personne ne bougea. Personne ne fit le moindre bruit alors que mon pouls me battait aux oreilles comme une batterie. Un instant.

Deux.

Puis, ce fut le chaos.

3

Mak, La Colonie, Les Arènes

C'est quoi ce bordel ?

Tous les guerriers prillons dans les gradins quittèrent leurs sièges pour aller se placer derrière le capitaine Marz. Si Marz choisissait de se battre, les choses allaient mal tourner.

Le Trion sourit, s'inclina devant moi, puis devant Gwen, et sortit calmement de l'arène par les portes battantes que Gwen avait ouvertes à la volée un peu plus tôt.

Notre ami Tane leva les yeux vers moi comme si je venais de lui tirer dans le dos avec un pistolet à ions, mais il ne bougea pas. En fait, tous les Atlans dans les gradins étaient assis comme une montagne immobile, en attendant de voir ce que j'allais faire. En attendant d'être appelés à se battre pour faire respecter mon droit à revendiquer Gwen. Il n'y avait pas beaucoup d'Atlans sur la Colonie. La plupart d'entre eux ne survivaient pas aux tentatives de la Ruche pour les transformer en monstres. Mais il y en avait au moins une douzaine dans les gradins, en comptant Braun, Tane et moi.

Nous aurions pu mettre la pâtée aux Prillons, si tous les Atlans passaient en mode bestial. Ce serait une bataille sanglante et pleine de sueur. Atlans comme Prillons, nous avions soif de combat. Tels des serpents prêts à attaquer. Personne ne mourrait, mais tout le monde verserait son sang. Sur la tentatrice aux cheveux noirs qui venait de choisir un monstre comme compagnon. Les autres hommes étaient bien plus honorables que moi. Plus méritants. Je ne le niais pas. J'étais un contrebandier de métier, un pirate par choix. Je n'étais pas aveuglément loyal. Et je ne faisais pas partie de la Coalition. Je n'aurais même pas dû me trouver là.

Eh merde ! Quel pétrin.

— C'est quoi ce bordel, Mak ? siffla Braun en se tournant vers moi. Toi ?

Dans l'arène, tout le monde me dévisageait, à présent, mais personne d'autre ne dit un mot, dans l'attente de ce que j'allais faire.

Les yeux de Braun étaient écarquillés, tout son corps crispé. Comme si la réponse de la lieutenante l'avait rendu perplexe.

Et bien, mon ami était le bienvenu au club, car je doutais que qui que ce soit puisse être plus perplexe que moi.

Gwen m'avait choisi.

Moi.

MOI.

Bon sang.

Mon cœur me tambourinait dans la poitrine, et je me demandai si je l'avais bien entendue. Mais c'était le cas, car Braun avait entendu la même chose. Tout le monde l'avait entendue prononcer mon nom. Même le gouverneur, qui avait pris l'air suffisant, les bras croisés alors qu'il me regardait comme tout le monde. Cet enfoiré savait que je ne pouvais pas refuser. Que je ne voudrais pas refuser. Elle m'offrait un miracle, et une façon de quitter cette foutue planète. Et les regards insistants ? Je les ignorai. Je n'avais d'yeux que pour Gwen, car elle n'avait pas détourné le regard de moi depuis qu'elle avait prononcé mon nom.

Mon nom. Durant un quart de seconde, je me sentis... spécial. Elle me voulait. Me désirait, vu l'intérêt que je lisais dans le regard de la jeune femme. Sous son air bravache, son regard intense, je voyais de l'avidité. Une excitation non dissimulée. Du désir pour ce qu'elle voulait que je lui donne. Moi. Pas les quatre hommes qui s'étaient battus pour elle. Pas pour les hommes assis dans les gradins. Même pas pour Braun.

Pour moi.

Je poussai un grognement avant de pouvoir me contenir, et mes crocs poussèrent dans ma bouche, impatients de la marquer, de l'emplir de ma semence, de la faire mienne pour toujours. Mais ça, c'était ma part animale. Mon instinct. J'étais plus qu'un monstre hypérion. J'étais un homme avec un esprit et une volonté de fer.

Je pourrais la prendre. La baiser. Et garder mon foutu poison à l'écart. Je ne serais pas faible. Je ne céderais pas à l'envie irrépressible de la revendiquer.

En fait, je doutais fortement qu'elle veuille être revendiquée. Pas de façon permanente. Je savais que si elle avait accepté les termes du gouverneur, c'était seulement pour quitter cette planète. Pour partir en mission et se sentir utile. Importante. Estimée.

Nous étions pareils, elle et moi. Je l'avais entendu dans sa voix alors qu'elle se disputait avec le gouverneur, qu'elle le suppliait de la laisser quitter ce caillou, de la laisser combattre la Ruche. Partir dans l'espace. Quitter cette cage.

Lorsqu'elle avait prononcé mon nom, je m'étais levé

lentement tout en soutenant son regard. Je l'avais vue balayer mon corps des yeux avec une avidité évidente. Mais ce moment de surprise était passé. J'avais désormais les idées terriblement claires. Pourquoi moi ? Pourquoi m'aurait-elle choisi ? Je venais de Rebelle 5. Et j'étais à moitié forsien, en plus. J'étais le dernier homme qu'elle aurait dû choisir.

Et c'était peut-être précisément pour cette raison qu'elle avait jeté son dévolu sur moi.

Avant qu'elle fasse son choix, j'avais cru que seule une poignée de guerriers connaissaient mes véritables origines. Je croyais que tous les autres me prenaient pour un Atlan.

Je m'étais trompé. Elle savait que je n'étais pas Atlan. Savait que je venais de Rebelle 5.

Que savait-elle d'autre ?

Connaissait-elle la vérité sur moi ? Sur ma morsure ? Savait-elle que je ne pouvais pas la faire mienne ?

Si c'était le cas, me choisir n'était pas une bêtise, c'était un risque calculé. Aucun des autres hommes de la planète ne lui aurait donné le genre de liberté qu'elle semblait vouloir. Non. Ces abrutis l'auraient tripotée, prise, et se seraient transformés en *compagnons* ultra-protecteurs et possessifs. Ils auraient voulu se reproduire avec elle et la garder bien en sécurité dans sa cage. Une cage dorée, bien sûr, mais une prison quand même.

Je ne voulais pas de compagne. Je voulais m'envoyer en l'air et avoir plus de liberté. Vu la façon dont elle avait balancé les guerriers comme des poupées de chiffon, il me faudrait sans doute toute ma force d'hybride pour la dompter au lit.

Mon sexe se souleva face à ce défi.

Elle posa les yeux sur la bosse dans mon pantalon. Et lorsqu'elle se posa les mains sur les hanches et qu'elle plissa ses yeux bruns, d'un air presque provocateur, en me mettant au défi de dire non, je sus qu'elle n'avait pas l'intention de changer d'avis. Et ce défi ? Il me faisait mal à l'entrejambe. C'était la femme la plus rebelle que j'aie jamais vue, quelles que soient l'espèce et la galaxie. Cela me donnait encore plus envie de la jeter sur mon épaule et de la mettre dans mon lit pour la dominer. Oh, elle détesterait se soumettre, mais je savais que cette lutte la ferait mouiller. Parce que si je savais bien une chose sur elle, c'était qu'elle était passionnée, sans inhibitions. Sauvage. J'avais hâte de lui servir de cobaye. Qu'elle me chevauche avec la passion qu'elle mettait dans tout ce qu'elle faisait. Qu'elle se serve de moi pour apaiser ce qui la mettait en colère. Elle avait peut-être simplement besoin d'un ou deux orgasmes.

Ou de cinq.

Oh, je les lui donnerais. Et plus encore. Je lui donnerais tant de plaisir qu'elle serait rassasiée, complètement lessivée. Son esprit serait vidé, son corps satisfait. Enfin calmé.

Je me mis doucement en mouvement.

Braun s'écarta pour me laisser passer et descendre les marches qui menaient à l'arène en terre battue où elle se tenait. Où elle attendait.

Les guerriers me laissèrent passer, formèrent un chemin. Ils attendaient peut-être de voir si Gwen me balancerait à l'autre bout de l'arène comme elle l'avait fait avec les Prillons.

Elle pouvait toujours essayer. Je continuai de la fixer du regard. Oui, j'avais envie de ce feu. J'adorais qu'elle le dirige vers moi. Mais il ne s'agirait pas d'accouplement dans le sens où je la revendiquerais pour toujours. Non, je ne pourrais pas avoir ce que le gouverneur partageait avec sa compagne, Rachel. Ou ce que Tyran partageait avec Kristin. Impossible. Mon sexe voulait la posséder. La marquer. Et mes crocs hypérions ? Je les sentais pousser sur mes gencives alors que je les forçais à se ranger. La bête en moi avait besoin de la mordre dans le cou et de la faire sienne. Pour toujours.

Mais comme j'étais hypérion *et* forsien, mon sexe et mes crocs devaient fonctionner ensemble pour que je la revendique véritablement. *C'était ça le secret, la vérité que personne ne connaissait.* Pas même les médecins qui m'avaient soigné à mon arrivée ici.

L'association d'une morsure et de mon sexe d'accouplement forsien la tuerait. Les femmes forsiennes rêvaient du jour où le sexe élargi de leur compagnon s'enfoncerait en elle. Sur ma planète d'origine, les sexes forsiens étaient comparés à des battes, qui emplissaient les femmes à l'extrême. Quand une femme avait donné son accord pour être revendiquée officiellement, l'homme avait une érection et son sexe s'élargissait dans son besoin d'emplir, de marquer de sa semence.

Mais les sexes forsiens changeaient plus que les autres. Ils grandissaient, encore et encore. Leurs glands enflaient et restaient coincés à l'intérieur, impossibles à retirer du sexe de la femme avant que la revendication ne soit terminée. Le couple était joint, collé jusqu'à ce que le Forsien intérieur soit satisfait et que la femme lui appartienne complètement. Les bourses d'un Forsien mettaient des heures à se vider complètement de leur semence, pour que son corps soit rassasié, pour que son plaisir s'amenuise suffisamment pour que son corps reprenne sa taille normale — qui restait tout de même plus importante que celle des autres espèces — et qu'il puisse se retirer. Aux origines, cela servait à ce qu'une femme soit tellement emplie de semence que les chances de concevoir du premier coup soient très hautes. C'était une façon d'assurer la propagation de l'espèce forsienne.

Quand le sexe se retirait enfin, la femme était rassasiée. Folle de plaisir. Parfois, elle s'évanouissait. Mais la revendication était immanquable. Aucun mâle de la galaxie n'aurait pu rater l'odeur et la marque que portait la femme accouplée, quelle que soit l'espèce. Tout le monde savait qu'elle appartenait à quelqu'un, que son sexe était la propriété de son compagnon. Le plaisir qu'elle avait éprouvé sur son membre gonflé faisait qu'elle ne pourrait plus jamais être satisfaite par un autre. Une fois revendiquée, une femme forsienne ne désirait plus jamais qui que ce soit d'autre.

Alors que je foulais la terre battue, je savais que Gwen pourrait supporter un sexe d'accouplement forsien. L'étirer de mon membre serait un plaisir, et cela me suffirait.

Mais je n'étais pas seulement Forsien. Non.

La pénétrer avec mon sexe élargi tout en lui plantant mes crocs hypérions dans l'épaule la tuerait sans aucun doute. Cela arrivait sans arrêt, avec les rares membres de mon espèce. Le fait que nous soyons si peu, et tous des hommes, en était la preuve. Quelque chose dans notre lignée génétique, dans notre mélange d'ADN hypérion et forsien transformait la morsure de plaisir hypérionne en un poison mortel.

Si je la mordais, Gwen mourrait. La baiser jusqu'à ce qu'elle perde connaissance, c'était une chose. Mon ego de mâle le supporterait très bien. Mais je refusais de la baiser jusqu'à ce qu'elle meure. Je ne pourrais pas survivre à ce genre d'erreur. Et c'était pour cette raison que j'avais toujours évité les femmes, pour les protéger.

Mais à présent, pour une raison inconnue, la seule femme que j'avais mis toute mon énergie à fuir venait de me choisir. Avait détruit toutes mes chances de respecter ce que je m'étais promis. De la sauver de moi. Car même si je pouvais coucher avec elle autant que je voulais, je ne pourrais jamais la revendiquer.

— Elle ne devait pas choisir. Ça devait être l'un d'entre nous, insista le Prillon plein d'audace, le capitaine Marz.

Il croisa les bras sur sa poitrine large, entouré de trois douzaines de Prillons prêts à le soutenir.

Sa menace poussa Gwen à détourner les yeux pour jeter un regard noir au Prillon.

— On m'a dit de choisir un compagnon. La seule règle, c'était que je devais le choisir tout de suite.

— Il n'a montré aucun intérêt envers vous, dit Tane.

Gwen plissa les yeux, et croisa les bras en imitant le capitaine Marz. Elle était beaucoup plus petite et semblait minuscule au milieu des quatre guerriers, mais je ne ratai pas la façon dont ses seins se gonflèrent quand elle fit son geste. Ses vêtements ne faisaient rien pour dissimuler sa silhouette féminine et ses courbes qui avaient provoqué tant de bagarres sur la Base 3 depuis son arrivée.

Tane disait vrai. J'avais fait tout mon possible pour ne pas sembler intéressé. Si cet Atlan savait à quel point elle me plaisait, il serait surpris. J'avais évité Gwen justement pour cette raison.

À présent, elle était mienne. Elle m'avait choisi, et cela changeait tout. Debout en bas des gradins, je pliai les jambes et bondis au milieu de l'arène, atterrissant juste devant le capitaine Marz et ses supporters en poussant un grognement.

Le Prillon ne bougea pas d'un cheveu alors que je me redressais de toute ma hauteur et que je le regardais de haut, lui et ses deux mètres quinze. Il était grand. Fort. C'était un bon guerrier. Mais j'étais capable de le réduire en poussière s'il se mettait en travers de mon chemin.

— Elle est à moi, déclarai-je.

— Je ne pense pas, Mak.

Tane vint se placer à côté de moi. Je lui en fus reconnaissant, et le silence tomba sur les arènes alors que

Braun, puis les autres Atlans présents dans les gradins se levaient à leur tour. Ils se battraient pour veiller à ce que le choix de Gwen soit respecté. Si le capitaine Marz ne baissait pas les armes, les choses tourneraient vite très mal.

Ma nouvelle compagne vint se placer à côté de moi.

— Je peux prendre soin de moi, Makarios, dit-elle.

Je quittai le capitaine Marz des yeux pour regarder le visage levé de Gwen. Elle aurait dû être sale et en sueur, après son combat, mais sa peau semblait sèche et douce, bonne à embrasser. *Gwen* semblait bonne à embrasser.

Lentement, je lui posai une main sur la joue, et mes os furent parcourus d'une décharge électrique. Lorsqu'elle laissa ma main se glisser sur sa nuque, j'en profitai pour lui passer les doigts dans les cheveux et la serrer contre mon torse.

— Je sais que tu es très forte, Gwendoline de la Terre. Je sais que tu es une guerrière à part entière, capable de massacrer ces idiots. Mais tu n'en feras rien. Je suis celui que tu as choisi, alors ce combat est le mien. Je les ferai saigner pour toi.

— Bon sang, c'est sexy.

Son sourire me donnait la permission d'agir, l'étincelle dans ses yeux suggérant qu'elle apprécierait peut-être même le spectacle.

— La décision de la lieutenante est prise, dit le gouverneur derrière moi, sa voix assez forte pour porter jusqu'aux gradins les plus éloignés. Je ne reviendrai pas sur notre accord, et personne d'autre ne le fera. Guerriers, votre honneur exige que vous respectiez son choix. Capitaine Marz, souhaitez-vous refuser à une femme le droit de rejeter votre revendication ?

Alors qu'il parlait, le capitaine regarda les quatre guerriers. Enfin, il tourna les yeux vers moi.

Honteux, le Capitaine Marz inclina la tête, d'abord face à moi, puis face à Gwen.

— Mak, elle est à toi.

Gwen secoua la tête.

— Oh, non.

Les mâles prillons se mirent à grogner comme un seul homme, contents qu'elle ait changé d'avis, peut-être, impatients de se battre contre les Atlans rassemblés, finalement.

— Ce n'est pas moi qui lui appartiens, dit Gwen en nous regardant, le capitaine Marz et moi.

Elle passa sa petite main autour de mon poignet et se blottit contre moi, la tête penchée en arrière pour l'appuyer contre ma main alors qu'elle me regardait droit dans les yeux d'un air de défi.

— C'est lui qui m'appartient. Rentrez-vous bien ça dans le crâne.

Elle faisait une revendication à elle, et que les dieux me viennent en aide, son besoin de déclarer à tout le monde que j'étais sien fit jaillir mes crocs. J'étais incapable de les pousser à m'obéir. En cet instant, je changeai d'avis sur le fait d'avoir une compagne. Je la voulais. Je dus même replacer mon sexe dans mon pantalon tant je la désirais. Je me foutais que tout le monde voie à quel point elle m'attirait. Cette femme était contrariante, fougueuse et indépendante au plus haut point. Elle n'avait besoin de la protection de personne, et elle l'avait prouvé en balançant le Prillon comme s'il s'était agi d'un simple galet, pas d'un géant de deux mètres quinze. Et je voulais que toute cette énergie, toute cette fougue, soit exclusivement tournée vers moi.

Tout de suite. Mon sexe était d'accord. Plus tôt je la pénétrerais, mieux ce serait. Je voulais que ses ongles s'enfoncent dans ma peau. Je la baiserais jusqu'à ce que nous perdions tous les deux connaissance ; il fallait simplement que je m'abstienne de la mordre. Du sexe. Du peau à peau. Son sexe serré autour de mon membre dur. Si je ne pouvais pas en avoir plus, ça me suffirait. Ça nous suffirait.

Quand un Prillon s'avança pour argumenter davantage, je lui donnai un coup dans le torse et le fis reculer de plusieurs pas.

— À moi, grognai-je, les crocs sortis.

Ce simple mot, cette possessivité toute nouvelle, scella mon destin. La bête hypérionne qui rageait en moi était sortie à la surface, prête pour la bataille. Mes crocs étaient complètement sortis, et je retroussai les lèvres pour grogner un avertissement à tous ceux qui seraient assez bêtes pour me défier alors que le besoin de protéger ma compagne me mettait hors de moi.

— Bon sang, Mak.

Même Tane recula en me voyant comme ça, les paumes tendues devant son torse alors qu'il s'éloignait à reculons. Lentement.

— Écoute, Mak. Tu es là-dedans ? Personne ne veut te la prendre. Compris ?

Gwen de la Terre était à moi. Je ne le lui dirais pas, de crainte qu'elle m'arrache les bourses et qu'elle les porte en pendentif, mais c'était le cas. Et j'étais ravi d'être à elle. Je consacrerais toute mon énergie à la satisfaire. Souvent.

Le gouverneur se plaça entre le Prillon et moi, obligeant ma bête à lâcher mon adversaire du regard.

— Ça suffit, Mak. Reprends-toi, et emmène ta compagne.

Quand le capitaine Marz et le gouverneur reculèrent, je tournai la tête vers ma compagne et lui tendis une main. Pour lui laisser le choix d'accepter tout ce que je pouvais lui offrir. Une partie de moi avait envie de la jeter sur mon épaule et de partir en courant, mais je luttai pour me contenir. Même maintenant non, —surtout maintenant—, il fallait que ce soit son choix. J'attendis patiemment.

Personne ne forcerait *ma compagne* à faire quoi que ce soit. Ni moi, ni le gouverneur prillon, ni les autres guerriers de la planète. Elle était à moi, à présent. À moi.

Tout mon corps frémit lorsque la peau douce de sa paume glissa sur la mienne. Avec douceur, énormément de douceur, je refermai la main sur la sienne, et ce contact suffit à ce que mes crocs se rétractent.

— Oui ? dis-je.

Ma voix n'avait pas encore complètement récupéré, mais elle comprit.

— Oui, dit-elle.

C'était tout ce qu'il me fallait. Je la soulevai, la serrai contre mon torse et quittai l'arène.

4

*G*wen

— Repose-moi.

J'étais capable de marcher. Je n'étais pas une petite chose que l'on devait transporter partout, même si c'était agréable de lâcher prise et de faire confiance à une personne qui semblait avoir mon bien-être à cœur. Mais je savais prendre soin de moi. En fait, être si proche de l'homme le plus sexy que j'avais jamais vu me coupait le souffle. Il sentait le chaud, le bois et une sorte d'épice extraterrestre qui me donnait les seins lourds et me contractait le sexe. Je n'avais jamais rien senti de tel. J'étais incapable de réfléchir clairement. Heureusement que je ne m'étais jamais retrouvée assez près de lui pour le sentir. Je lui aurais sauté dessus et lui aurais arraché ses vêtements.

Je ne savais pas trop à quoi m'attendre, mais je fus étonnée qu'il s'arrête et qu'il me repose dans le couloir qui menait aux appartements privés.

— Non ? dit-il.

— Quoi ?

Je titubai, blottie contre lui alors que je me gorgeais de son odeur. Nous étions seuls et il savait que j'avais envie de lui. Après tout, je l'avais choisi parmi tous les hommes de la planète. Je n'avais pas besoin de faire semblant.

— À moi ? dit-il encore.

Que me demandait-il ?

Il fit mine de me soulever à nouveau, et je chassai ses mains.

— Non ? répéta-t-il.

Toujours ce même mot. Sa voix était anormalement rauque, et les crocs que je voyais dépasser de sa lèvre supérieure me mettaient dans tous mes états. J'avais entendu parler de la morsure hypérionne, de la vague de plaisir que ressentaient les femmes quand les hommes les mordaient, les revendiquaient. J'avais entendu dire que ces morsures étaient orgasmiques, qu'une version synthétique de cette substance avait été recréée en laboratoire et était vendue au marché noir aux quatre coins de la galaxie. Mais je n'aurais pas besoin de trouver un dealer sur une station spatiale ou sur une planète louche. J'avais la véritable substance juste devant moi, en train de me poser une question. J'avais envie qu'il me pénètre, qu'il me morde. Ce qui était stupide, car je réalisai que dans ce cas, il ne me lâcherait jamais. Il deviendrait tout aussi ridicule et possessif que les hommes des cavernes de cette planète.

J'étais excitée, voilà tout. Très, très excitée. Je n'avais pas besoin de crocs. J'avais besoin d'avoir un bon orgasme. Cet homme gigantesque devait bien être capable de m'en donner un sans me mordre ou... me revendiquer, non ? Ce n'était pas comme s'il était vierge. Je ne pouvais pas imaginer qu'il soit resté chaste toute sa vie. Il y avait le sexe, et il y avait la revendication. Le sexe me suffirait. Me suffirait *largement.*

— Non ?

— Quoi ?

Mais après tout, il ne m'avait encore jamais montré d'intérêt — à l'exception de l'énorme bosse dans son pantalon quand il était descendu les gradins. Ça, je n'aurais pas pu le rater, et ça n'avait rien à voir avec la revendication. Ça voulait simplement dire qu'il avait envie de coucher avec moi, lui aussi.

C'était biologique, tout ça. Pourquoi penserais-je qu'il voulait me mordre et rendre cette relation permanente, de toute façon ? C'était idiot. Ce n'était pas comme si nous avions été testés et appairés comme Rachel et Kristin par le Programme des Épouses. Nous ne savions rien l'un de l'autre. Nous pouvions tout à fait être fous de désir l'un pour l'autre sans pouvoir nous supporter. D'accord, le regard qu'il m'avait lancé dans l'arène avait été viril au possible, et il avait été prêt à se battre contre tous les Prillons pour m'avoir, mais ça, c'était *après* que je l'aie choisi. C'était sans doute plus une question d'ego masculin ou de fierté que de désir. Son orgueil ne lui aurait pas permis de me dire non devant tout le monde.

Je tentai de me mettre ça dans le crâne et de ne pas avoir mal au cœur, mais j'échouai misérablement. J'étais un monstre avec une chatte. Le seul vagin disponible sur la planète, et Mak voulait y goûter. Je n'étais pas jolie comme un top modèle, ni toute menue et mignonne. J'étais une terrienne avec des implants cyborgs et sans la moindre grâce. Je préférais tuer que cuisiner. Et voilà que dans un moment d'égoïsme et de faiblesse, j'avais choisi un homme qui ne voulait même pas de moi.

J'avais vraiment merdé. Je ne me laissais pas souvent guider par mes bas instincts, précisément pour cette raison. Je faisais n'importe quoi, et je me transformais en garce en manque.

— Je suis désolée, Mak. Je n'aurais pas dû te forcer la

main.

— Gwen.

Il me plaqua contre le mur, et je me servis de la surface froide pour me préparer alors qu'il s'approchait et que ses lèvres effleuraient les miennes.

— On ne fait que radoter. Laisse-moi te poser une simple question. Oui ou non, femme ? Je te veux. Je veux te baiser, t'emplir de ma semence. Te dévorer. Te lécher et te faire crier mon nom. Oui ou non ? On ne joue plus.

Oh. Oui ou non. C'était de lui qu'il parlait. De nous.

Il voulait de moi, en fin de compte. Ou en tout cas, il voulait coucher avec moi. Et j'étais partante pour les cris d'extase. Ça impliquait que j'aie des orgasmes. Plein d'orgasmes.

Mak ne me touchait pas, son corps restait à quelques centimètres du mien, comme s'il attendait ma réponse pour le faire. La chaleur que projetait sa silhouette me faisait fondre sur place, me donnait les jambes en coton. Soudain pleine d'audace, et impatiente de le toucher à nouveau, je levai les bras et les lui passai autour du cou pour lui faire baisser la tête. Il me laissa faire, et j'en profitai pour parcourir la distance qui séparait nos lèvres.

— Oui. Et je serai franche, moi aussi. Je veux que tu me baises.

Mes lèvres effleurèrent les siennes, et je poussai un soupir en me blottissant contre sa chaleur. Sa force. Seigneur, il était gigantesque. Et fort. Peut-être même plus que moi. Je n'aurais pas à me retenir avec lui, pas à avoir peur de lui faire du mal, de le blesser. *De le faire fuir.*

Je penchai la tête sur le côté, presque instinctivement. J'avais envie qu'il me morde. C'était stupide, je le savais, mais je m'en fichais. Je voulais qu'il perde le contrôle, qu'il me désire vraiment. Moi. Et pas simplement comme un coup d'un soir, malgré ce que ma raison me hurlait alors que je penchai encore davantage la tête comme pour inviter ses dents. Sa marque. Sa *revendication*.

Je voulais être plus qu'un vagin sur pattes, qu'une femme disponible. Ce rêve avait beau être bête et vide, vu tous les implants cyborgs que j'avais dans le corps, je voulais me sentir belle, féminine et désirée. Mon cœur était aux commandes, enivré par l'odeur, la chaleur et la virilité de Mak. Je n'avais pas les idées claires. Je le regretterais demain, mais ma raison était reléguée au second plan, et mon corps tenait les rênes. Je le savais.

Je m'en fichais.

— Mords-moi, Mak. Vas-y. Je te veux en moi.

Avec un grognement qui me contracta le sexe, Mak se pencha sur moi et frotta ses crocs sur la peau nue de mon cou. Je frissonnai, l'air figé dans mes poumons sous le coup de l'impatience. Du désir. Une morsure, et je jouirais, je sentirais le désir faire rage dans mon corps comme une rivière déchaînée.

— Non.

Cette fois, ce n'était pas une question, mais un refus, et je me figeai. Je fronçai les sourcils. Mon cœur fragile, qui venait tout juste de se remettre à battre, alla se cacher dans le recoin sombre dans lequel je l'avais cantonné des semaines plus tôt quand la Ruche m'avait capturée. M'avait brisée.

Je m'étais reconstruite, et j'étais devenue plus forte que jamais. Puis la Terre m'avait rejetée. Les hommes de cette planète ne me connaissaient pas, ne prenaient même pas la peine d'apprendre à me connaître. Tout ce qu'ils voulaient, c'était une femme, une chatte, un utérus, et j'étais la seule personne disponible.

J'étais une idiote. Je n'aurais jamais dû accepter de choisir un compagnon, comme l'avait exigé le gouverneur. J'aurais dû choisir Tane, ou même le capitaine Marz. Au moins eux, ils voulaient vraiment être avec moi. S'il fallait que je couche avec quelqu'un, je ne voulais pas que ce soit avec un homme qui ne voulait pas de moi. M'y accoupler ? C'était une tout autre histoire. Je le savais. Mais le fait que tous les autres hommes de l'arène aient voulu me déshabiller et me prendre sauvagement me rendait d'autant plus stupide d'avoir suivi ce que me disait mon pauvre petit cœur brisé. De l'avoir choisi lui.

D'avoir osé espérer. Mais après tout, j'étais têtue comme une mule. C'était ce qui m'avait permis de survivre aussi longtemps.

J'aurais dû jouer la sécurité. Je m'en rendais compte, à présent. Pas ce rebelle de Rebelle 5, ce contrebandier. Ce criminel. Peu importe. Il était sexy. J'aurais dû choisir avec ma raison et pas avec mes hormones en folie.

— Non ? répétai-je en le repoussant. Tu as raison. Ça ne marchera pas. Désolée.

— Je refuse de le faire, dit-il.

Il se pressa contre moi, son érection évidente alors qu'elle s'enfonçait contre mon ventre. Je me tortillai alors que son odeur me submergeait. Me transperçait. Me montait à la tête et me faisait oublier de quoi nous parlions.

Je ne pensais qu'à coucher avec lui. À m'accoupler. Au sexe. À du sexe suant, mouillé.

— Makarios, dis-je.

Son nom était comme une supplication et un appel à se montrer clément. C'était tout ce que j'avais en cet instant.

— J'ai envie de toi, Gwendoline. J'ai envie de te pénétrer. De te donner du plaisir.

Ses lèvres se refermèrent sur les miennes.

— Oui, dis-je.

Oui. Oui. Oui. C'était ce que je voulais, moi aussi.

— Mais tu m'as dit non. Pourquoi tu m'embrasses, si tu ne veux pas de moi ?

— Oh, je te veux. Nous voulons tous les deux coucher ensemble, mais je ne peux pas te mordre, Gwen. C'est impossible. Ne me le demande pas.

Mak arracha ses lèvres aux miennes et me regarda dans les yeux. J'y vis quelque chose qui fit rater un battement à mon cœur. Du regret ? De la douleur ? Cette lueur disparut en un instant, mais j'étais incapable de l'oublier. Je fis le serment de découvrir la raison de cette souffrance.

Je remerciais le seigneur pour mon obstination, car c'était la seule chose susceptible de me sauver en cet instant. D'accord, il ne voulait pas me mordre. Très bien ? J'avais été bête d'attendre plus de sa part. D'avoir voulu plus. Une petite fille idiote avec des petits rêves idiots. Et moi qui avais cru que la Ruche m'en avait complètement débarrassée.

Surprise.

— D'accord. Tu ne veux pas me mordre. Comme tu veux. Mais on pourra tous les deux quitter cette planète. On peut s'entraider, Mak. Mais mon corps a besoin de...

Je ne terminai pas ma phrase alors que son regard se faisait plus sombre, son désir animal ravivant mon excitation. Mon cœur me faisait toujours mal, mais je lui ordonnai de grandir un peu et de prendre sur lui. Je refusais de renoncer à une multitude d'orgasmes administrés par l'homme le plus viril et sexy que j'aie jamais vu. Un homme qui semblait capable de réaliser tous mes fantasmes.

— Je prendrai soin de toi, femme. Tu crieras mon nom tant de fois que tu en oublieras tous les autres mots, dit-il avec un regard brûlant. Tu ne voulais pas de compagnon, Gwendoline de la Terre. Je n'ai pas été testé par le Programme des Épouses Interstellaires pour la même raison que toi. Je respecte le fait que tu m'aies choisi pour être ton compagnon, contrairement aux autres. Nous obtiendrons tous les deux ce dont nos corps ont besoin, puis nous serons libres tous les deux.

— Libres ?

— Tu as entendu le gouverneur. Ton marché avec lui. Tu choisissais un compagnon, et en échange, tu étais autorisée à repartir en mission. Tu m'as choisi moi, et à présent, il te permettra de repartir au combat.

— Mais il faut que je sois... marquée, ou je ne sais quoi, dis-je en nous montrant d'un geste de la main.

Il sourit... un vrai sourire.

— Ne t'en fais pas. Avant la fin de la nuit, tu seras bel et bien marquée. Aucun homme de cette planète — ou d'aucune autre— ne remettra en cause le fait que tu m'appartiens.

Je détestais ce terme. *Que tu m'appartiens.* Il pouvait toujours rêver. Mais si ça pouvait me permettre de repartir en mission, alors je serrerais les dents chaque fois que j'entendrais ces termes de mâle alpha.

Je le dévisageai.

— Et toi ? Tu dois bien vouloir en tirer plus qu'une partie de jambes en l'air.

— J'imagine que cette expression signifie baiser ?

Je hochai la tête en me souvenant que mon implant de langage ne traduisait pas tout à la perfection.

— J'ai envie de quitter cette planète tout autant que toi. J'ai besoin d'être libre. Et je ne reviendrai pas.

Je fronçai les sourcils.

— Jamais ?

Il plissa les yeux, et j'y lus son sérieux. Il était toujours excité, mais un besoin plus profond était apparu.

— Jamais.

Je l'avais mis dans cette situation sans le consulter. Il était sexy en diable. J'aurais dû être ravie. Une histoire sans lendemain. Une nuit ensemble, et nous obtiendrions tous les deux ce que nous souhaitions.

Mais je me demandais si avec Mak, une nuit me suffirait.

5

*G*wen

— D'accord, dis-je. Une nuit. Tu me marques ou je ne sais quoi pour satisfaire le gouverneur. Mais dès que tu seras parti, je reviendrai à la case départ. Les autres hommes ne laisseront pas tomber.

Mak poussa un grognement et ses yeux s'emplirent de colère en m'entendant mentionner les autres types. Quel homme des cavernes.

— Ils ne te toucheront pas, Gwen. Jamais. Sauf si je suis mort.

L'imaginer mourir me ramena immédiatement sur Terre.

— Quoi ? Comment ça ?

Son expression était grave, et je crus chacun de ses mots :

— Une compagne, c'est sacré. Tant que je vis, aucun homme ne pourra te toucher. Si on fait ça, tu seras marquée pour toujours.

— Pas d'histoires sans lendemain ? Pas de coups d'un soir ?

Bon, la perspective de rester seule toute ma vie ne m'enchantait pas, mais rester coincée sur cette planète pour de bon non plus. Bon sang, quelle situation merdique. Mais quelle alternative avais-je ? Je me soucierais de cette histoire de célibat plus tard. Bien plus tard.

— Où iras-tu ? lui demandai-je.

Je n'avais absolument *pas* la voix blessée. Pas du tout.

— Je rôde, Gwen. Je prendrai un vaisseau et j'irai là où les dieux m'enverront.

— Seul ?

— Sauf si tu veux t'enfuir avec moi. Je peux voler un vaisseau assez grand pour nous deux, et tu pourrais m'accompagner.

Cette idée fit bondir mon cœur durant quelques secondes. Puis, je revins brusquement à la réalité.

— Je ne peux pas partir comme ça. Il y a trop à faire, Mak.

Son sourire était plein de regrets, mais je vis une pointe d'admiration dans ses yeux.

— Trop de membres de la Ruche à tuer ?

— Oui.

Il comprenait au moins ça. Je ne pouvais pas fuir cette guerre en sachant que la Terre était sans défense. Que mon ancienne équipe de reconnaissance se battait et souffrait quelque part. Qu'elle mourait. Que l'enfoiré qui m'avait fait ça, qui avait *modifié* mon corps afin que je devienne un utérus sur pattes, courait toujours.

— Je ne fuis pas, Mak. Je ne suis pas un pirate ou une contrebandière. Je me bats. C'est mon truc.

Il avança les hanches, et son érection me cloua au mur, m'embrasant.

— Au risque de te brûler, Gwen. Au risque de mourir ?

— Oui.

Il m'embrassa avec force. Tant de force que j'en oubliai de respirer. Je m'agrippai à lui jusqu'à ce que mes poumons me brûlent et que tout mon corps me hurle de lui donner de l'oxygène, jusqu'à avoir le tournis. Puis, je me retirai. Je le lâchai. C'était difficile. Et je savais que ce serait encore plus dur le lendemain.

— Très bien, Mak. Une nuit. Pas de morsure. Pas d'accouplement officiel. Ensuite, je pourrai aller me battre pour la Coalition et t'aider à quitter cette planète avec un vaisseau correct. Ça marche ?

Je lui tendis la main pour qu'il la serre. Il la regarda, visiblement peu au fait des coutumes terriennes.

Je poussai une exclamation de surprise quand il me souleva à nouveau dans ses bras et qu'il se mit presque à courir vers ses appartements. Cette fois, je ne bronchai pas. Je m'agrippai à lui en l'encourageant mentalement à se dépêcher alors que le soulagement me submergeait. Il voulait de moi, et il était pressé de me prendre. Oh, et l'érection épaisse qui me pressait la jambe en était la meilleure preuve.

Et comme nous n'avions qu'une nuit, j'étais contente qu'il se dépêche.

Quand la porte s'ouvrit sur son appartement, je jetai un rapide regard autour de moi. Tout était gris acier, avec des touches de doré bruni. Comme des rayons de soleil évaporés. Les coussins sur son canapé. Les rayures sur les draps. Un pan de mur était également de cette couleur, avec un symbole noir peint en plein milieu, dans une langue inconnue. Il avait une table avec une chaise, ce que je trouvai triste et étrange. La plupart des guerriers en avaient deux, même s'ils n'étaient pas accouplés.

Mak ne devait pas avoir beaucoup de visiteurs. Peut-être qu'il n'en voulait pas. Il n'avait pas l'intention de rester.

Je regardai l'énorme lit alors qu'il m'y portait et m'y jetait sur le dos. Je rebondis sur le matelas moelleux. Il se pencha sur moi, le torse soulevé par sa respiration, pas à cause de l'effort, mais de la maîtrise de lui dont il devait faire preuve. J'avais imaginé ce moment, mais je m'étais seulement représentée Mak dans mon appartement, son corps à moitié couvert par mes draps couleur orange sanguine. Ce fantasme avait suffi à me faire prendre mon pied le soir, quand j'étais seule dans mon lit, nue, ma main entre mes cuisses.

Mais ces rêveries n'avaient rien à voir avec la réalité. Et Mak était complètement habillé. Nous aurions pu nous trouver n'importe où, tant qu'il avait une porte, et assez d'intimité pour nous déshabiller. Tout de suite.

Et j'aurais parié mille dollars que si je roulais sur le ventre et que je plongeais le nez dans les draps, je sentirais son odeur.

Il me regarda et sembla tenter de se reprendre. Mais je ne voulais pas qu'il se maîtrise. Je n'étais pas en sucre. Je n'étais pas vraiment humaine. Ou en tout cas, je ne l'étais plus.

Non. Je voulais qu'il se déchaîne. Je voulais qu'il ressente la même chose que moi. Je voulais qu'il soit brusque, sauvage.

Je baissai les mains entre nous et retirai mon haut d'uniforme d'un geste rapide. Mes cheveux noirs ondulaient jusqu'au milieu de mon dos, et je les passais par-dessus mon épaule pour le séduire.

Il m'admira, puis plongea.

Avec un rire, je roulai pour lui échapper au dernier moment, puis lui sautai dessus pour le chevaucher et lui enlever son tee-shirt. Je déchirai l'étoffe au milieu de son torse avec un gémissement de plaisir alors que son érection se pressait contre mon clitoris à travers mon pantalon d'uniforme. J'ondulai contre lui, me frottant à lui comme un chat alors que je posais la bouche sur sa peau nue, que je le goûtais. Que je le sentais. Seigneur, qu'est-ce qu'il était sexy ! Je suçai l'un de ses tétons durs alors que ses énormes mains se levaient pour se poser sur mes seins nus et toucher mes tétons. Oui, j'étais torse nu. Mes seins n'étaient pas très gros, et je n'aimais pas porter de soutien-gorge. Je n'en avais pas besoin, surtout que l'armure intégrée à mon uniforme suffisait à masquer mes tétons quand ils pointaient. Mon sexe fut submergé par une chaleur mouillée alors que je me cambrais dans ses mains, que j'en demandais plus, plus contente que jamais de ne pas porter de soutien-gorge.

— Bon Dieu, oui, gémis-je.

Ça faisait des années que je n'avais pas couché avec un homme. Et je n'avais jamais couché avec un extraterrestre. On aurait dit que mon corps avait mis tout ce désir, toute cette fougue à mijoter dans une cocotte-minute en attendant qu'elle explose. J'avais besoin de ça. Besoin de lui. Terriblement.

Je le mordis au torse, pas assez fort pour le faire saigner, simplement pour le défier.

Il répondit avec un grognement.

Je volais dans les airs, incapable de m'orienter avant d'être retournée sur le dos, Mak au-dessus de moi, entre mes jambes. Son sexe me clouait au lit avec force. Je levai les hanches et passai les jambes autour de son bassin pour en demander plus. J'ignorais ce qui me prenait, mais il me rendait folle de désir.

— Dépêche-toi. Je t'en prie, dépêche-toi.

Je haletais. Le suppliais. Pour la première fois depuis très longtemps, j'étais à bout de souffle.

— Je te veux en moi, dis-je.

— Non.

Je plissai les yeux. Non ? Non ? Comment ça, non ? J'en avais *besoin*.

Pourquoi n'arrêtait-il pas de prononcer ce mot, bon sang ? Aucun autre homme de cette planète ne se montrerait aussi contrariant.

Je perdis le contrôle et nous soulevai tous les deux du lit. Je le déplaçai jusqu'à ce que son dos soit plaqué au mur, pressé contre le symbole noir que j'avais bien l'intention de déchiffrer plus tard. Bien plus tard. Quand mon sexe ne souffrirait plus d'être vide. Je pressai une main contre son torse pour le maintenir en place tandis que je lui arrachais son pantalon de ma main libre.

Des bottes. Il portait toujours ses putain de bottes. Tant pis. Ça n'avait pas d'importance, parce que son membre était libre. Et il était énorme. *Énorme.* Magnifique.

Épais. Long. Couleur prune, parcouru d'une longue veine palpitante. Je doutais de pouvoir faire tout le tour avec mes doigts quand je le caresserais. Son gland était large, sa fente luisante de liquide pré-séminal.

Je me léchai les lèvres. C'était pour moi, et je mourais d'envie d'y goûter. Je ne pourrais pas le prendre en entier dans ma bouche, impossible. Son odeur était plus forte là, et l'arôme séducteur me fit presque tourner la tête. Je gémis.

Son sperme aurait-il le goût de cette odeur ?

Je le suçai. Fort. Profondément. Il gémissait, me parlait, mais je ne l'écoutais pas. Je ne parvenais pas à l'entendre à cause du sang qui me battait aux tempes. J'avais besoin de le goûter. Je voulais qu'il jouisse dans ma bouche.

Quand je me retirai pour respirer, il se déplaça trop vite pour que je l'en empêche. En un clin d'œil, nos positions s'inversèrent. C'était à mon tour d'être plaquée au mur, tandis qu'il m'arrachait mon pantalon avec une sauvagerie que je trouvai incroyablement excitante. J'avais beau avoir la force d'un super-héros, le fait qu'un homme me montre sa force et sa virilité était follement excitant — surtout quand son sexe était enduit de ma salive.

— Ne bouge pas.

Son ordre me fit frémir alors qu'il s'agenouillait et m'enlevait mes bottes. Je restai immobile, parce que moi aussi, je voulais qu'il me les enlève. Et, contre toute attente, j'aimais qu'il me domine

Il se débarrassa de ses propres bottes et retira le reste de son uniforme, de façon à ce que nous nous retrouvions complètement nus tous les deux. C'était la première fois que qui que ce soit — à part le médecin de la Colonie— voyait mon corps depuis que j'avais été capturée par la Ruche. Je m'assurais toujours de porter des manches longues et des pantalons pour cacher ce que ces enfoirés m'avaient fait. Sur cette planète, tout le monde avait des implants, mais le fait que quelqu'un les voie portait un coup à ma féminité, à ma vanité. Je savais que si on les voyait, je ne semblerais plus aussi désirable.

J'admirai Mak, regardai ce que la Ruche lui avait fait. Une épaule faite d'argent plutôt que de chair bronzée. Une hanche, une cuisse et un genou faits du même métal. Pas étonnant qu'il soit fort, rapide. Puissant. Quand je croisai son regard, ce n'était plus mes yeux qu'il admirait, mais mon corps tout entier.

Je levai soudain les mains pour me cacher. Je n'avais jamais été gênée qu'un homme voie mes petits seins ou mon sexe. Non, c'étaient mes bras que je tentais de dissimuler, mais ça ne servait à rien. Mon corps comportait trop d'implants pour pouvoir tous les couvrir.

Je tentai de changer de position, de me tourner sur le côté pour me cacher le plus possible, mais sa paume entre mes seins me garda clouée au mur.

— Non. N'essaye pas de me cacher ce qui est à moi, femme.

— Mak... s'il te plaît... Je..., le suppliai-je sans trop savoir quoi dire.

Ce fut peut-être mon ton qui le convainquit de croiser mon regard. Ses yeux noirs étaient pleins de désir. De compréhension. D'envie.

— Je te vois, Gwen.

Je ris à contrecœur.

— Et bien, oui. La lumière est allumée.

Il secoua lentement la tête.

— Non, je te vois toi. Ce que tu ne laisses personne voir. Pas seulement ton corps. Je vois ta honte, ta peur de ne pas être à la hauteur, ou d'être *trop* à cause de ce que la Ruche t'a fait.

Il m'empêcha de bouger alors que le silence se prolongeait et que son regard me parcourait tout entière. Qu'il prenait son temps. Il n'y avait que de l'acceptation— et du désir — dans ses yeux.

— Tu es très belle. Parfaite.

Je poussai un soupir et sentis mes joues rougir, j'étais plus vulnérable que jamais.

— Regarde ma queue. Tu ne crois peut-être pas mes mots, mais regarde-la. Elle est plus dure que jamais.

— C'est parce que je viens de la mettre dans ma bouche, rétorquai-je, mais il m'ignora.

— Et ce liquide pré-séminal qui perle au bout, c'est pour toi. *Regarde-le.*

Son grondement me fit baisser le menton pour poser les yeux sur son sexe. Effectivement, il était dur. Tellement dur qu'il était courbé vers le haut et que sa bite lui effleurait le nombril. Du liquide pré-séminal luisait au bout de son gland et coulait le long de son membre pour mouiller les boucles brunes qui se trouvaient à sa base.

— Je vois tes seins, tes muscles, tes cheveux soyeux, tes

lèvres pulpeuses. Ta chatte magnifique. Mais ça aussi, ça me plaît.

Il tendit la main pour caresser mon biceps, ou ce que la Ruche avait fait de mon biceps. Ce simple contact n'aurait pas dû me faire du bien, étant donné qu'il s'agissait d'implants de métal et biosynthétiques, mais je le sentais néanmoins. Les intégrations de la Ruche étaient très avancées, et le tissu de mes bras était encore plus sensible que de la chair normale. Son contact était comme une flamme, qui m'embrasait. J'en voulais plus. Je voulais qu'il me touche partout. Toutes les parties de moi le désiraient. La partie humaine. Cyborg. Féminine.

— Et ça aussi, reprit-il. Pas étonnant que tu veuilles retourner te battre contre ces enfoirés. Tu pourras retourner ce qu'ils t'ont fait contre eux.

Sa main remonta jusqu'à mon épaule, là où ma chair argentée était assortie à la sienne, puis jusqu'à mon ventre — intact, heureusement — et ma cuisse.

— Tout cette force, dit-il.

Il se laissa tomber à genoux devant moi et caressa ma rotule, mon mollet et le dessus de mon pied, tous cyborgs. Il passa à l'autre pied du bout des doigts, jusqu'à atteindre mon sexe.

Je retins mon souffle.

— Pas ça, dit-il à voix basse, presque avec révérence. Non, ça, c'est complètement naturel.

Il se trompait. Pas un seul centimètre de moi n'avait été épargné par la Ruche. Tout avait été modifié d'une façon ou d'une autre. Mais quand il inspira profondément, je rougis à nouveau, consciente qu'il avait repéré l'odeur de mon désir, qui me couvrait l'intérieur des cuisses. Il n'aurait pas pu le rater.

— Tout est à moi, dit-il.

Puis il baissa la tête et me donna un grand coup de langue.

Je gémis, mes doigts emmêlés dans ses cheveux, et j'oubliai que je ne lui appartenais que pour cette nuit-là. Ensuite, nous serions libres tous les deux.

Mes pensées m'échappèrent, jusqu'à ce que je ne puisse plus penser qu'à Mak et à sa langue sur mon clitoris. Il gémit, et les vibrations suffirent à me faire jouir. C'était aussi simple que cela.

Il profita de ma distraction pour se lever et me soulever jusqu'à ce que mes hanches se retrouvent à hauteur de ses épaules, d'un geste fluide. Être en partie cyborg semblait avoir des avantages.

— Enroule tes jambes autour de mon cou, m'ordonna-t-il.

J'obéis, le dos pressé au mur alors que je changeais de position, consciente de ce qui allait arriver, alors que ses mots résonnaient en boucle dans mon esprit comme un disque rayé.

Je te veux. Je veux te baiser, t'emplir de ma semence. Te dévorer. Te lécher et te faire crier mon nom.

Et bien, il m'avait déjà goûtée, et s'il était resté à genoux plus longtemps, j'aurais certainement crié son nom. Maintenue en place, adossée au mur, je passai ma jambe gauche par-dessus son épaule et l'ouvris pour son inspection.

Cette position n'aurait pas été tenable pour de simples mortels, mais comme nous étions tous les deux en partie cyborgs, forts et puissants comme l'avait voulu la Ruche, c'était facile. Et super sexy.

L'air frais frappa les plis chauds et gonflés de mon sexe humide, et je cambrai le dos de plaisir alors qu'il soufflait tout doucement sur mon antre. Qu'il me faisait goûter à ses talents.

Bon sang.

— S'il te plaît. Vas-y. Seigneur, pitié.

Il sourit alors que je lui passais de nouveau les doigts dans les cheveux pour tenter, sans succès, de presser sa bouche contre mon entrejambe. Il était immobile. Je passai les mains autour de sa tête et tirai avec force.

Il était encore plus fort que je le croyais. Il ne bougea pas d'un pouce. Pas d'un cheveu. C'était comme tenter de déplacer une montagne. Je ne pouvais pas obtenir ce que je voulais. J'étais incapable d'avoir le dessus dans cette position. J'étais à sa merci. Quelqu'un de plus fort que moi. Qui refusait de céder à mes exigences. Pourtant, à ce sourire, je savais qu'il me donnerait exactement ce que je voulais... mais ce serait lui qui déciderait. Et cette idée m'excita tant que je me sentis couler entre les fesses et le long des cuisses.

— Mak. Seigneur. Par pitié.

— C'est la troisième fois que tu me supplies de te toucher. Ce ne sera pas la dernière.

J'ouvris la bouche pour protester, mais il glissa deux doigts profondément en moi et m'étira alors que ses lèvres puissantes se refermaient sur mon clitoris.

Et je perdis la tête. Complètement. Cette maîtrise totale que je tentais de garder sur mon corps ? Envolée. Déchiquetée par Mak. Je l'avais bel et bien supplié. Imploré. Et il n'avait pas ri, ne m'avait pas jugée. Au contraire, il aimait ça. C'était ce qu'il voulait. Et il avait raison, il voyait des parties de moi que personne n'avait jamais vues. J'étais exposée, vulnérable et à sa merci, et pas seulement parce qu'il avait la tête entre mes jambes.

Le fait qu'il soit sur le point de me donner un orgasme rien qu'avec ses doigts et sa bouche me prouvait qu'il exerçait un contrôle inédit sur moi. J'aurais voulu que cela dure toujours.

6

$\mathcal{M}$ak

Je ressentais le besoin pressant de baiser Gwen. Fort. De la baiser à en casser le lit et les murs. Et nous le ferions. Mon sexe l'exigeait. Mes crocs... Et bien, mes crocs seraient la seule partie de moi qui n'obtiendrait pas satisfaction aujourd'hui. Jamais.

Mais ma satisfaction à moi n'était pas ma priorité. Non. Ce que je voulais, c'était faire crier Gwen, sentir ses muscles se contracter, ses cuisses se refermer sur mes oreilles alors que je la ferais jouir. Alors que je lécherais chaque goutte de son essence douce et collante. Dès que je humai son désir et que je le goûtai d'un coup de langue, je fus affamé.

La preuve de son désir pour moi me faisait mal aux bourses tant j'avais besoin de me vider en elle. Mon sexe s'élargit, encore et encore. Je reconnus ma transformation, le changement de mon sexe pressé de s'accoupler, de rester profondément enfoncé en Gwen. Ce besoin plein de possessivité de revendiquer quelqu'un ne m'était encore jamais arrivé. Il était plus difficile à ignorer que mes crocs, mais pour une raison inconnue, je savais que sans la morsure, mon sexe ne resterait pas coincé en elle. Oh, elle chevaucherait mon sexe massif, mais je ne resterais pas profondément en elle. Ça n'arriverait pas, ne pourrait pas arriver. Mon corps ne se laisserait pas faire, et mon esprit non plus.

Je pourrais peut-être baiser Gwen, mais je ne pourrais pas la garder. Surtout que nous venions de nous mettre d'accord pour ne passer qu'une nuit ensemble. Elle aurait mon odeur et pourrait repartir en mission, là où était sa place, pendant que je me tirerais de la Colonie.

Pourtant, j'avais du mal à penser au lendemain, à m'imaginer dans une autre zone de l'univers alors qu'elle me tirait les cheveux, qu'elle se laissait magnifiquement aller à la passion qu'il y avait entre nous. Elle était renversante. Je voulais la regarder. Savoir que c'était moi qui lui faisais cet effet était entêtant. Bon sang, c'était exaltant. Impressionnant.

Je savais qu'elle ne se donnerait plus jamais ainsi à un autre. Elle ne se comportait pas comme une vierge, et ça ne me posait aucun problème, mais sa nature passionnée venait de se révéler à elle. Rien que pour moi. Personne avant moi ne l'avait jamais vue dans un tel état. Non, elle était carrément intense. Tout aussi taciturne et féroce que moi. Je le voyais, parce que je le sentais aussi en moi. Son besoin de s'échapper, d'échapper à sa propre peau, même.

Et en cet instant, elle ne pensait à rien. Ni au fait qu'elle venait d'être forcée de choisir un compagnon, ni à son besoin de partir en mission, ni au fait qu'elle était plus qu'humaine, à présent. La Ruche. La Colonie. Son rôle de lieutenante. Tout s'était envolé de son esprit, tout sauf moi.

Elle pouvait simplement être la femme qui se soumettait à mes doigts, à ma bouche... et bientôt, quand elle jouirait sur mon visage, sur mon sexe.

Lorsque je sentis ses muscles frémir, quand je goûtai son désir sur ma langue, quand je sentis son clitoris gonfler, je sus qu'elle en était proche. Et quand elle cambra le dos, que ses épaules cognèrent dans le mur à cause de l'intensité de son orgasme, elle était parfaite.

Gwen. Folle de plaisir.

En cet instant, alors qu'elle m'arrachait pratiquement les cheveux de la racine et qu'elle criait de plaisir, je compris. Pourquoi le gouverneur était obsédé par Rachel. Pourquoi Tyran et son second chérissaient Kristin. Pourquoi ils étaient prêts à tout pour leurs compagnes. Pourquoi ils s'étaient transformés en gentils petits toutous quand leurs compagnes s'étaient téléportées depuis la Terre, et pourquoi ils étaient contents de l'avoir fait.

Leur possessivité.

Leur côté protecteur.

Leur désir. Obsession. Affection. Amour sans bornes.

Personne d'autre ne verrait Gwen ainsi. Jamais. Cette... fougue m'appartenait. Et j'avais eu beau l'amener à l'orgasme, elle s'en était remise à moi, avait oublié ses inhibitions, ses peurs... tout. Pour moi.

Je savais que c'était difficile à faire pour elle, presque impossible, même, vu que c'était la seule femme humaine de la planète à être intégrée. La seule femme sans compagnon de la planète, en fait.

Mais c'était fini. Je ne pouvais pas laisser cela perdurer.

Son sexe, sa chair chaude et humide était à moi. Son goût doux et acidulé s'attarderait seulement sur ma langue. Son odeur me couvrirait le visage, le menton, le sexe. Tous les mâles qui m'approcheraient la sentiraient, sauraient que j'avais pris ce qu'elle m'offrait si librement, même après mon départ.

Si j'avais su que ce serait comme ça, j'aurais fait partie des idiots qui avaient tenté de la gagner dans l'arène, mais pour une nuit seulement. J'aurais tué pour la posséder. À présent, je savais que j'étais prêt à tuer pour la protéger. Et l'emplir de ma semence, la marquer, remplirait précisément ce rôle longtemps après mon départ.

Pressée, toute molle et rassasiée, entre moi et le mur tout abîmé, elle ouvrit les yeux.

— Encore, grogna-t-elle en ouvrant de grands yeux brûlants.

Je lui avais donné du plaisir, mais elle était loin d'en avoir fini avec moi. Très loin. Non seulement elle porterait mon odeur sur elle, laissant tous les mâles savoir à qui elle appartenait, mais je l'emplirais jusqu'à ce qu'elle ne veuille que moi.

Je la posai sur ses pieds et posai une main contre le mur tout en me penchant pour que nos regards se croisent. Ses joues étaient empourprées, de la même teinte de rose que son sexe. Ses cheveux étaient tout ébouriffés et emmêlés, collés à ses tempes trempées de sueur. Elle était essoufflée — même balancer des Prillons dans l'arène n'avait pas eu cet effet-là sur elle. Elle était... renversante.

— On n'a pas fini, confirmai-je.

Du dos de ma main libre, je m'essuyai la bouche, puis me léchai les lèvres.

— Je suis marquée. À ton tour.

Avec ses nouveaux réflexes vifs comme l'éclair, elle prit mon sexe dans son poing et se mit à le caresser en un clin d'œil. J'avançai instinctivement les hanches à ce contact doux. Un grognement me monta dans la gorge alors que je tapai sur le mur du plat de la main. Bon sang. *Bon sang !* C'était tellement bon. Tellement bon que je me laissai aller à cette sensation, à elle. Durant quelques secondes seulement, puis j'ouvris les yeux et la regardai.

Je la vis admirer mon sexe, sa main qui me caressait. Avec précision, détermination. Passion.

Non. Putain. Bon sang !

— Non ! grondai-je en faisant reculer mes hanches, arrachant mon sexe à son emprise.

Elle leva les yeux vers moi.

— Quoi ? dit-elle en se léchant les lèvres. Je sais que tu vas bientôt jouir, je t'ai senti gonfler dans ma main.

N'importe quel homme aurait gonflé dans sa main, s'il était caressé avec tant de talent.

— Oh la vache, tu es toujours aussi bien monté ? demanda-t-elle, les yeux braqués sur mon sexe.

Je baissai les yeux entre nous et vis que mon membre était plus gros que jamais. Oui, l'instinct d'accouplement me rendait plus imposant, et je serais bien incapable de le ranger dans mon pantalon.

— Avec toi. Toujours, répondis-je.

C'était la vérité. En attendant que la véritable revendication soit totale, ma compagne connaîtrait le plaisir de chevaucher un sexe forsien. Et quand la véritable revendication arriverait, elle n'en serait pas libérée avant que le besoin biologique de baiser, de s'accoupler et de se reproduire soit passé. Et ça prendrait des heures et une quantité énorme d'orgasmes.

— Tu peux me faire jouir... pour cette fois, dis-je quand elle ouvrit la bouche pour parler. Enduis-toi de mon odeur. Bon sang, ça va être excitant de te regarder t'en enduire le corps, de savoir que tu es à moi.

— Je ne suis pas...

Je la transperçai du regard.

— Si, tu es à moi. À l'instant où tu as crié *mon* nom, tu es devenue mienne. Demande au gouverneur. Demande à n'importe qui sur cette planète. Même aux autres femmes terriennes. Tu es à moi, mais je respecterai tes choix. Notre accord. Je ne te mordrai pas, ne te forcerai pas à subir un accouplement dont tu ne veux pas, mais je te baiserai avant la fin de la journée, ça, tu peux en être sûre. Avant la fin de l'heure, même. Je te promets que je serai dur et prêt pour toi, bien installé entre tes cuisses. Enfoncé. Toujours dur.

Son regard se posa sur mon sexe, et je sentis une giclée de sperme s'en échapper. Je n'avais pas menti. Les premières étapes du sexe d'accouplement avaient débuté dès qu'elle avait prononcé mon nom. À présent, je ne débanderais pas avant de l'avoir revendiquée. Peut-être que si je pensais aux tortures de la Ruche, je me calmerais un peu, mais en sa présence, ce ne serait pas suffisant. Pas alors que je pouvais sentir son odeur féminine. Son désir. Et quand elle serait marquée, quand nos odeurs seraient mêlées... Bon sang. Je devenais encore plus dur.

— La première fois peut se faire avec ta main, là, contre ce mur. Mais sache une chose, Gwen. Je te pénétrerai bientôt profondément.

Son regard noir devint brûlant et ses yeux se posèrent sur mon sexe. Elle se pencha en avant et en lécha le gland.

— Tu me laisses le contrôle ? demanda-t-elle.

Était-ce ce que je faisais ? Resterais-je immobile en la laissant me mener à l'orgasme ? Si c'était aussi bon que ce qu'elle m'avait fait jusqu'à présent, alors oui, carrément. Mais ensuite... quand je l'aurais sous mon corps ? Elle aurait affaire à mon côté dominateur.

— Pour l'instant, dis-je.

Elle secoua la tête.

— Non ? demandai-je.

— Si c'est moi qui commande, alors je ne veux pas le faire comme ça.

Je haussai un sourcil et regardai la commissure de ses lèvres se soulever avec une note de défi.

— Ah ?

Elle me poussa les épaules, et j'atterris sur le lit allongé sur le dos. Je rebondis, mais le sommier s'écroula sous mon poids, et le matelas heurta le sol dans un bruit sourd.

Nue et très contente d'elle, elle s'approcha de moi d'un pas raide. Elle était magnifique.

— Si c'est moi qui commande, reprit-elle, je vais chevaucher cette énorme queue.

Oh, que oui.

— Accroche-toi à la tête de lit, m'ordonna-t-elle.

Je baissai la tête et lui jetai un regard sévère, mais j'oubliai complètement que je n'aimais pas que l'on me donne d'ordres quand elle posa un genou sur le matelas et se mit à ramper vers moi.

Nue.

Ses petits seins étaient parfaits, ses tétons rose foncé pointés vers le lit, ses longs cheveux tombants sur ses épaules. Ses hanches larges se balançaient à chaque fois qu'elle avançait un genou. C'était une prédatrice, et j'étais une putain de proie.

Oh, oui. Ça m'allait très bien.

Je levai les yeux et tendis les bras vers la tête de lit, conscient qu'elle finirait en miettes. Mes doigts se refermèrent sur les lamelles de métal.

Gwen remonta le long de mon corps jusqu'à me chevaucher, un genou de chaque côté de mes hanches. J'étais si massif qu'elle avait les jambes complètement écartées et que son sexe reposait sur mon ventre. Mon membre effleurait ses fesses, et j'avais beau me tenir de toutes mes forces à la tête de lit, mes hanches ruèrent sans que je l'aie décidé, étalant du liquide pré-séminal sur ce magnifique derrière, comme si mon sexe savait lui aussi qu'il pénétrerait bientôt cet orifice, pas seulement son vagin.

Le désir de Gwen m'enduisit le ventre, et je sus que bien que je sois très bien membré, elle était prête pour moi.

— Je n'arrive pas à croire que tu sois à ma merci, murmura-t-elle en m'examinant.

— C'est ce que tu crois ? rétorquai-je.

Elle pencha la tête sur le côté et me dévisagea. Je regardai ses cheveux noirs lui retomber sur l'épaule.

— Je crois que tu me donnes le contrôle, dit-elle avant de marquer une pause. Dès que j'aurai eu mon tour, je crois que tu auras le tien.

— Je t'ai dit que tu étais mienne. Je te le prouverai avant qu'on ne quitte cette chambre.

— Ce lit, tu veux dire ?

Je soulevai les hanches et caressai de nouveau ses fesses avec mon sexe.

— Tu as plus d'imagination que ça, j'en suis sûr. Nous ne nous contenterons pas de baiser sur un lit. Je te donnerai ce dont tu as besoin quand tu veux. Où tu veux.

Elle se trémoussa sur moi.

— Et toi, de quoi as-tu besoin ?

— Tu comptes discuter alors que tu me cloues au lit, ou tu comptes baiser ?

Elle écarquilla les yeux, puis les plissa juste avant de se lever sur ses genoux pour se placer au-dessus de moi. Elle plaça mon gland contre son entrée mouillée et croisa mon regard alors qu'elle se laissait descendre.

Elle poussa une exclamation quand mon érection se mit à l'étirer, quand mon gland la transperça. Elle se releva, puis redescendit. Deux centimètres, puis elle remontait. Encore deux centimètres, et elle se retirait à nouveau. Petit à petit, elle s'empalait sur moi.

— Bon sang, Mak, haleta-t-elle en ondulant des hanches, me prenant de plus en plus profondément. Ça n'en finit jamais ?

Il lui fallut un bon moment avant de se retrouver assise sur mes genoux, mon sexe profondément enfoui en elle.

J'avais les dents serrées, les molaires en morceaux. Le métal de la tête de lit était complètement tordu, et j'étais sur le point de perdre les pédales. Je tiendrais parole. Mais seulement si elle se mettait à bouger maintenant. Mes bourses brûlaient d'envie de l'emplir. Mes crocs voulaient désespérément s'allonger.

Chaque particule de mon corps voulait qu'elle bouge, qu'elle ondule sur moi. Et quand elle le fit enfin, les paumes sur mon torse pour monter et descendre, je gémis. Elle était sublime. Elle se mordait la lèvre en fermant les yeux, perdue dans le plaisir que lui donnait mon sexe. Ses seins, bien que petits, se balançaient lentement à chaque mouvement. Sa taille était fine, ses hanches larges. Quant à ses fesses... Bon sang, j'avais envie de les attraper et de m'y accrocher. Et les intégrations de la Ruche, les implants argentés qui lui donnaient sa toute nouvelle force, me rappelaient ma capacité à la réduire — une fois de plus — à la femme qu'elle était au plus profond d'elle.

— Je... Je ne peux pas jouir comme ça. Il m'en faut plus, dit-elle, son visage plein d'excitation teinté de frustration.

— Touche-toi, répondis-je. C'est bien. Oui. Pose les doigts sur ce petit joyau tout dur et frotte-le. Montre-moi ce qui te fait du bien. Chevauche-moi et fais-toi jouir. Et je promets que quand ça t'arrivera, tu me pomperas ma semence directement à la source.

C'étaient peut-être mes mots crus. Ou alors le fait que je sois juste là avec elle, mais elle plaça une main entre nous et se mit à jouer. À se caresser alors qu'elle se mettait à me prendre plus vite, plus fort.

Ses parois internes se mirent à se contracter sur moi. Le son de son excitation était tout ce que je pouvais entendre, avec ses halètements.

— Mak ! s'écria-t-elle en jouissant sur moi.

J'atteignis l'orgasme en cet instant, alors que son sexe

pompait ma semence, exactement comme je l'avais prédit. Je ne pouvais pas me retenir. Aucune chance. Le plaisir était intense, sa chaleur mouillée omniprésente. Elle était parfaite.

Les lamelles de métal de la tête de lit se froissèrent, et je la retournai sur le dos, mon sexe toujours profondément enfoncé en elle alors que nous continuions de jouir. Je ne lui laissai pas un instant de répit et me remis à la pénétrer avec force pour nous pousser vers un autre orgasme.

Mais je n'avais pas encore fini. Ce n'était pas mon sexe d'accouplement qui me maintenait en elle. C'était ce désir, cette obsession pour Gwen. J'en avais besoin. J'avais besoin d'elle.

— Encore, grognai-je, répétant ce qu'elle avait dit plus tôt.

Quand elle ouvrit les yeux, elle souriait. Ses mains se glissèrent le long de mes flancs, jusqu'à mes fesses, pour m'attirer plus profondément en elle — enfin essayer.

— Encore, répéta-t-elle.

Quand nous nous rendrions à nos réunions d'attribution de missions, il serait évident aux yeux de tous qu'elle était marquée et prise. La revendiquer avec ma morsure n'était pas nécessaire.

Quand elle me griffa le dos, son corps frémissant alors qu'un nouvel orgasme la submergeait et que son sexe se contractait en rythme autour de mon membre, la bête hypérionne s'éveilla. Je ne pus empêcher mes crocs de sortir, le besoin de la mordre si puissant que je les plantai dans le matelas alors que j'éjaculais de nouveau en elle.

Je n'avais pas toute ma tête, en cet instant. Je le savais. Mais la bête qu'il y avait en moi se fichait des règles, des promesses et de l'honneur. Elle *désirait*, c'est tout.

Gwen était à moi. Je me devais de la baiser. De la protéger. De la toucher, de la caresser et de la gâter.

Personne n'aurait intérêt à la regarder, s'il voulait continuer à respirer.

— Mak !

L'exclamation de Gwen était une douce torture alors qu'elle levait les hanches sous mon corps, qu'elle croisait les chevilles derrière mon dos, sa force incroyable nous soulevant tous les deux du lit, plongeant profondément mon sexe en elle alors qu'elle en demandait plus.

Et je le lui donnai. Je lui donnai tout ce que je pouvais.

Et la bête hurla de douleur. Je lui niais sa revendication. Et avec notre accord, je la lui niais à jamais. Car cette nuit serait la dernière.

7

Gwen, Salle de Briefing des Missions, Base 3

Le gouverneur Rone était assis dans l'un des grands fauteuils pivotants qui se trouvaient autour de la table ronde, les bras croisés. Il semblait bien trop content de lui. Le fait de m'avoir poussée à m'accoupler le rendait même arrogant. Pour lui, cela voulait dire que j'étais calmée. Sous contrôle.

Connard.

Mais je ne pouvais pas vraiment lui en vouloir non plus, pas après la nuit que j'avais passée. Mak était assis à côté de moi, et son odeur persistait sur ma peau alors que mon sexe était brûlant, douloureux, et en manque de lui. C'est vrai que j'étais un peu calmée. Qui ne le serait pas, après une nuit de débauche telle que celle que nous avions passée ?

Mak était un amant incroyable. Seigneur, j'avais perdu le compte du nombre d'orgasmes qu'il avait arraché à mon corps. Et il n'avait pas paniqué quand je m'étais servie de ma force cyborg sur lui. À un moment, je l'avais plaqué contre le mur et l'avais sucé jusqu'à ce qu'il me jouisse dessus, même si j'étais consciente qu'il n'avait pas voulu se défendre. Pas vu la manière dont il avait gémi et m'avait maintenu la tête en place jusqu'au dernier moment, avant de se retirer et de m'asperger. Cet homme avait tellement de sperme que l'on aurait dit qu'il en avait fait des réserves. Nous avions pris un bain, et j'avais frotté son essence sur ma peau, rien que pour voir son regard brûlant, comme je le voyais en ce moment même.

Quand l'eau m'avait nettoyée, il avait poussé un grognement, les crocs sortis, m'avait mise debout et m'avait plaquée contre le mur, où il m'avait prise alors que l'eau nous tombait dessus comme une cascade.

Ç'avait été très érotique. La chose la plus sensuelle qui me soit jamais arrivée. Pour l'instant.

J'en voulais plus. Mais je n'obtiendrais pas satisfaction, et mon sexe n'en était pas ravi. Le manque de sexe n'avait encore jamais été un problème pour moi, mais à présent, je ne pensais qu'à ça. Et ce n'était pas une bonne chose.

Mak avait le bras posé sur le dossier de mon siège. J'aurais dû protester, mais comme les minutes qui nous séparaient de notre départ en mission étaient comptées, je me blottis plutôt contre lui, m'imprégnant le plus possible de lui. Je n'étais pas amoureuse de lui du tout, et mon cœur ne souffrait pas de son départ imminent. Mais mon sexe ? Il était éperdu de désir et en voulait plus.

Pas de bol, ma belle. Tu n'auras pas ce que tu veux. Passe à autre chose.

— L'atmosphère de la lune est hautement toxique. La visibilité est proche de zéro, l'air est chargé d'un brouillard acide. Vous devrez porter une combinaison spatiale complète et être prêts à tout affronter, dit le gouverneur.

Il nous montra un petit point sur sa carte de la lune, notre cible. Une transmission de la Ruche avait été interceptée entre la surface de la lune et la Colonie. Ce qui voulait dire que la Ruche possédait une base, un vaisseau ou un centre de communication juste au-dessus de nos têtes.

Cette idée me révulsait, car cela signifiait que la Ruche avait des vues sur notre planète. Et si elle avait des vues sur notre planète, cela signifiait qu'elle pourrait y venir. Nous capturer. Encore.

Le capitaine Marz était à la tête de cette mission, et j'avais du mal à le regarder dans les yeux après le fiasco de la veille, dans les arènes. Mais je pris sur moi. En fait, je lui jetai même des regards noirs, je n'étais pas encore prête à lui pardonner. Mais je l'écoutai pendant qu'il parlait, parce qu'il ne revenait pas sur ce qui s'était passé, alors je ne comptais pas le faire non plus. Et je le suivrais lors de cette mission, parce que je voulais en être, mais aussi parce que je le respectais en tant que combattant. Je ne laisserais pas des rituels de reproduction extraterrestres à la con affecter notre travail.

— Nous prendrons deux vaisseaux, pour combiner nos analyses. Si l'un d'entre nous est touché par un tir ou doit se battre, l'autre devra éliminer les moyens de communication de la Ruche avant tout. C'est la priorité. Abattez les moyens de communication de la Ruche.

— Compris.

J'avais hâte de décoller et d'aller botter le cul de la Ruche. J'espérais que le capitaine Marz et son ami prillon, Vance, trouveraient les installations de la Ruche, parce que j'avais envie de me battre avec des connards de la Ruche. Les écraser. Leur arracher un bras ou deux, peut-être.

J'aurais dû être épuisée après avoir passé la moitié de la nuit à faire l'amour. Au lieu de cela, j'étais pleine d'énergie.

— Je ferai équipe avec la lieutenante Fernandez, déclara le guerrier trion assis à côté du gouverneur.

Je ne le connaissais pas. Mais cela n'avait pas d'importance. Mak et moi avions un plan, un accord. Il m'avait donné ce que je voulais, son odeur partout sur moi et plus d'orgasmes que je ne pouvais en compter. En plus, j'étais en train d'assister à une réunion, prête à partir en mission pour terrasser la Ruche.

Fidèles à leur parole, tous les hommes de la Colonie que j'avais croisés depuis que j'avais quitté l'appartement de Mak m'avaient traitée comme tous les autres membres de la Colonie. Ils respectaient la revendication de Mak. Je ne voulais pas penser au fait qu'ils étaient capables de sentir le sperme de Mak sur moi, bien que je me sois lavée.

Quant à notre accord ? Je remplirais ma part du contrat, ce qui signifiait que l'heure était venue pour moi de faire ce que j'avais à faire. Je levai les yeux vers Mak et lui fis signe de poursuivre comme prévu, que j'étais toujours avec lui.

Un marché était un marché, qu'importe si ça craignait, et donnait envie à mon corps affamé de pleurer. Une nuit n'était pas suffisante, et j'avais l'impression qu'aucun autre homme ne pourrait me satisfaire —pas que je puisse en trouver un, maintenant que j'étais couverte de l'odeur de Mak.

— Je vais accompagner ma compagne, déclara Mak en lançant au guerrier trion un regard assassin. Je la garderai en sécurité. Je ne fais pas confiance à ces faibles pour la protéger.

Mak avait parlé d'un ton froid, d'une voix basse.

Le Trion regarda le gouverneur Rone pour qu'il lui dise quoi faire et garda la bouche fermée, mais à son corps crispé, je voyais qu'il était en colère.

Le gouverneur se pencha en avant, les coudes sur la table, les mains jointes alors qu'il inclinait la tête et nous regardait comme un limier qui aurait flairé un mensonge.

— Je peux sentir d'ici que vous êtes accouplés. Ça, je n'en doute pas.

— Alors quel est le problème ? demandai-je en refusant

de penser à mon rougissement en pensant qu'il pouvait sentir tout ce que Mak et moi avions fait. Vous m'avez dit de me choisir un compagnon. J'ai choisi Mak. Maintenant, vous n'avez qu'à accepter les conséquences. S'il tient à m'accompagner, je ne m'y opposerai pas. Vous vouliez que je comprenne vos coutumes, votre autorité, que je m'y fasse. Et bien, c'est ce que je fais. S'il veut venir, qui suis-je pour l'en empêcher ?

— Ce n'est pas vous qui l'en empêchez, dit-il. C'est moi.

Le Prillon secoua la tête quand le gouverneur eut fini de parler.

— Il est trop tôt pour que tu quittes la planète, Makarios.

Mak se déploya de toute sa hauteur, et je m'enfonçai dans mon siège avec un sourire. Bon sang, il était magnifique. Vraiment.

— Je m'en fous de ce que vous pensez de moi. Les choses ont changé. Elle est à moi !

Sa voix était un rugissement à présent, ses crocs complètement sortis alors qu'il me montrait du doigt. Comme si qui que ce soit pouvait douter de ce qu'il racontait. Deux gardes de plus entrèrent dans la pièce face à ces éclats de voix, mais le gouverneur leva une main et ils restèrent en retrait, en attendant de voir comment les choses évolueraient.

Moi aussi, j'étais curieuse de le découvrir. Ce que j'avais pris pour des grands airs extraterrestres était désormais sexy comme tout à mes yeux. Ou en tout cas, c'était le cas des grognements et de la virilité de Mak. J'avais envie de le traîner hors de la pièce pour lui sauter dessus.

— Du calme.

— Elle est à moi, répéta Mak. À moi ! Elle ne partira pas en mission sans moi. C'est à moi de la protéger. À moi.

Il était en plein mode bestial, ou l'équivalent pour son

espèce. Je savais que ses crocs étaient sortis. Je savais qu'ils dégoulinaient de venin.

Je me penchai en arrière et posai mes pieds sur la table, les chevilles croisées alors que je me tournais littéralement les pouces. L'expression horrifiée du gouverneur me donnait envie d'éclater de rire. Il méritait cette colère hypérionne. Je savais que Mak jouait la comédie, mais le gouverneur l'ignorait. Tout ce qu'il savait, c'était que nous nous étions accouplés.

Comme ces hommes étaient bêtes. Comme si cela réglait tout.

— Mak... commença le gouverneur.

Mais Mak n'avait pas envie de l'écouter. Il se pencha en avant, posa les mains sur la table et jeta un regard noir à la ronde.

— Je tuerai tous ceux qui tenteront de s'interposer. C'est mon droit de la protéger. Je suis sûr que si elle avait choisi Marz ou Tane, ils seraient du même avis. Et avec Tane, vous seriez confrontés à une bête atlanne, là. Vous pouvez vous estimer heureux d'avoir affaire à un Hypérion-Forsien. *Elle. Est. À. Moi.*

Le gouverneur s'enfonça dans son siège et se passa une main dans les cheveux. J'étais presque désolée pour lui. Presque.

— Par les dieux, et moi qui croyais que les Atlans étaient compliqués, marmonna-t-il en soupirant et en faisant signe à Marz de se rasseoir. Très bien. Marz et Vance prendront la première section. Vous deux, vous vous occuperez de la deuxième. On ne sait pas ce que l'on trouvera, alors c'est uniquement une mission de reconnaissance. Si vous avez l'occasion de détruire des dispositifs de communication, faites-le. Sinon, notez les coordonnées et revenez ici pour que l'on monte une opération de destruction. Compris ? Nous n'aurons qu'une chance pour tout détruire, sinon la

Ruche saura que nous les avons repérés. Et je ne veux pas que vous fassiez échouer la mission.

— Bien, Gouverneur, dis-je.

Je ne pouvais pas m'empêcher de sourire d'un air suffisant. Nous partions en mission. Ensemble. Notre plan avait marché. Mak et moi avions d'autres talents d'équipe, à part le sexe. Je n'avais pas besoin de le regarder pour savoir ce qu'il pensait. Nous avions réussi à manipuler les guerriers sans peine. Je n'avais pas ressenti une telle... connexion avec qui que ce soit depuis bien longtemps. C'était peut-être même la première fois.

— Vous partez dans une heure. Rendez-vous au hangar pour les préparations de vol.

Le gouverneur croisa mon regard, et j'aurais juré y avoir vu une pointe d'amusement.

— Ah, les terriennes. J'aurais dû savoir que vous me donneriez du fil à retordre, avec la compagne que je me suis choisie.

— Mais c'est une bonne chose, dis-je en bondissant de ma chaise et en tirant Mak après moi. Allons-y, Mak. On a une mission à accomplir.

Je parcourus les couloirs de la Base 3, Mak sur les talons. Je le sentais me suivre comme mon ombre, mais ça ne me dérangeait pas. Je me sentais en sécurité. Il avait beau avoir joué la comédie pour les guerriers de la salle de réunion afin qu'on nous envoie en mission ensemble — afin qu'il puisse me quitter —, je savais qu'il ressentait un instinct primaire de me protéger.

Nous avions accompli notre objectif. Je partais en mission. Mon sexe ne se sentait plus négligé et abandonné, j'étais débarrassée des attentions des mâles de la planète, et Makarios de Kronos rentrerait chez lui sur Rebelle 5.

Tout le monde était gagnant. Comme nous l'avions voulu. Alors pourquoi avais-je l'impression que mes pieds devenaient plus lourds à chaque pas en direction du hangar à navettes ? En direction de nos adieux ?

Bon sang, cette situation était nulle. Je ne voulais pas d'un compagnon macho et dominant. Et pourtant, je voulais Mak. Et il était toutes ces choses.

Je l'entendais respirer, mais il ne parlait pas. Ne disait pas un mot. Ne me touchait pas. Il était comme une ombre derrière moi, et je me demandai s'il ressentait la même chose que moi. N'étions-nous plus que l'ombre de nous-mêmes ? Pas vraiment en vie ? Pas vraiment morts non plus ? À nous comporter comme des automates en attendant de nous tirer de cette foutue planète ?

Et ça, c'était super déprimant, car la nuit dernière, je m'étais sentie vivante. C'était la première fois depuis bien longtemps que je ressentais ça. Mak se remettrait à rôder dans la galaxie comme Han Solo, et je reviendrais ici, je partirais en mission, mais pourrais-je éprouver la moindre chose à nouveau ? Mes mains n'étaient pas capables de me donner le genre d'orgasmes que m'avait donnés Mak. Et c'était bien ça le problème. C'était exactement ce que j'avais voulu. Une vie— même si la Colonie n'était pas l'endroit rêvé —, avec des missions, un sens.

À présent, j'avais tout ça, grâce à Mak. Car il *voulait* que j'aille en mission, que je fasse ce que j'étais censée faire de ma vie. Tant que mon but n'était pas d'être officiellement revendiqué par lui, il s'en fichait. Il partait.

Mais étonnamment, après cette nuit passée ensemble, je voulais une petite chose en plus. Non, pas une petite chose. Une énorme chose. Je voulais l'énorme sexe de Mak. Quelle femme au sang chaud n'en aurait pas voulu ? J'y avais goûté, et à présent, je savais que j'en voudrais encore. Mon sexe se contracta à la perspective de ne plus jamais être empli par son membre gigantesque.

Je secouai la tête pour m'éclaircir les pensées. J'étais

ridicule. Je m'arrêtai net dans le couloir désert et me retournai.

— Merci, Mak. C'était parfait. Tu aurais pu gagner un Oscar, avec cette performance.

Il s'arrêta et fronça les sourcils.

— C'est quoi, un Oscar ?

Je le dévisageai. Ses crocs étaient toujours sortis. Sa peau rougie. Ses mains formaient des poings et son torse se soulevait à chaque respiration. C'était quoi, tout ça ?

— C'est une récompense pour les meilleurs acteurs, sur Terre. Qu'est-ce qui ne va pas ? Tu ne te sens pas bien ?

Je lui posai une main sur la joue. Je n'étais pas assez grande pour atteindre son front, mais ça ferait l'affaire.

— Je ne jouais pas la comédie, femme.

C'était à mon tour de froncer les sourcils. Ah bon ?

— Quoi ? Mais le plan s'est déroulé comme prévu. Tu viens avec moi sur la lune. On va détruire les appareils de la Ruche, et ensuite, tu pourras repartir explorer la galaxie, ou je ne sais quoi. Retrouver Rebelle 5, Forsia. Aller où tu voudras.

Je lui caressai la joue, car sa proximité me donnait des envies folles. Comme d'être plus. Plus quoi ? Normale ? Belle ? Vulnérable ? Parfaite ?

Je ne savais pas ce que Mak cherchait chez une femme. Mais apparemment, même après plusieurs parties de jambes en l'air, je ne remplissais pas les critères. Dans le cas contraire, il aurait planté ses crocs dans ma chair, et j'aurais hurlé de plaisir pendant qu'il m'aurait faite sienne pour toujours. Parce que d'après ce que Rachel et Kristin m'avaient dit, un regard avait suffi à leurs compagnons pour savoir qu'ils voulaient les revendiquer. Il n'avait pas été question d'histoires d'une nuit. Pour elles, ça avait été l'éternité.

Mais pas pour moi et Mak. Ça avait été un échange de

services. Un compromis, avec un peu de sexe pour pimenter les choses.

Et pour ce qui était de la revendication ? Je l'aurais laissé faire. Je le savais. Je ne pouvais pas me mentir quant au faible que j'avais pour lui. Mak était comme une drogue. J'étais accro. C'était quoi, mon problème ? M'avait-il fait subir une espèce de lavage de cerveau forsien ? Son sexe avait-il des pouvoirs magiques ? Quelque chose dans son sperme, comme les Vikens ?

Je repris ma main, dégoûtée par moi-même. Je n'étais pas le genre de femme à forcer un homme à rester avec elle. Ce n'était pas mon truc. Mak voulait baiser, et il voulait quitter la Colonie. Il s'était montré honnête avec moi dès le début. Pleurnicher pour ça n'était pas digne de moi, surtout que c'était également ce que j'avais voulu. Partir en mission. Mais ça, c'était la veille.

— Allez, on va tout faire pour que tu t'enfuies, Mak. Tu n'as pas plus ta place ici que moi.

— C'est ainsi que tu dis au revoir, femme ?

Je fronçai les sourcils.

— Comment ça ?

Il regarda par-dessus son épaule alors que quelqu'un nous dépassait dans le couloir, mais Mak était trop grand pour que je voie de qui il s'agissait. Avec douceur, il me prit par le bras et me mena jusqu'à une salle de réunion avant de laisser la porte coulisser derrière nous. La pièce était identique à celle que nous venions de quitter, sauf qu'elle était vide. Il plaqua une main contre le mur pour enclencher le verrouillage.

— On a une heure, dit-il. Qu'est-ce que tu fais avant de partir en mission, d'habitude ?

— Je parle aux autres membres de l'équipe.

Ses yeux se posèrent sur mes lèvres.

— J'ai d'autres projets pour ta bouche.

Oh.

Oh.

Oh. La. Vache.

Il laissa tomber sa main, et je reculai. J'avais beau avoir adoré le sucer, je n'étais pas parvenue à prendre beaucoup plus que son gland évasé en bouche. Et j'avais essayé. Je défis le bouton de mon pantalon, et le laissai tomber sur mes hanches alors que je me retournais pour me pencher sur la grande table. Appuyée sur les coudes, je lui jetai un regard par-dessus mon épaule, comme une invitation.

Mak regarda chacun de mes gestes, puis son regard se posa sur les fesses que je lui présentais.

En un instant, il se plaça derrière moi. Ses doigts tirèrent sur l'élastique de mon pantalon pour me dénuder les fesses.

Je m'étais attendu à ce qu'il enlève son propre pantalon et à ce qu'il me pénètre. Au lieu de cela, il me donna une fessée.

Je sursautai en sentant la brûlure irradier dans mon corps. Je repoussai la table et me retournai pour faire face à Mak. Grave erreur. Il était gigantesque, sexy, et il avait l'odeur du paradis. Au lieu de le gronder, j'eus envie de le toucher. Pff. Pathétique. Je tentai de trouver la force de protester alors que la chaleur s'étendait sur mes fesses.

— Pourquoi tu as fait ça ?

— Tu avais l'esprit ailleurs, tu te faisais du souci, répondit-il en touchant son sexe, qui étirait son pantalon au maximum. Maintenant, tu es là, avec moi. Et même si te prendre par-derrière apaisait l'Hypérion en moi, le Forsien est en colère.

Il ouvrit son pantalon. Enfin. Il en sortit son sexe, qu'il caressa une fois.

Il s'avança vers moi, jusqu'à ce que le dos de mes cuisses soit pressé contre la table. Je ne pouvais pas m'échapper.

— Tu as trop de personnalités différentes, je n'arrive pas à suivre, dis-je. Dis-moi simplement ce que tu veux.

— Et tu me le donneras ?

Je me léchai les lèvres en réalisant que la réponse était oui. Je lui donnerais tout ce qu'il voudrait. Après la nuit précédente, je savais que dans tous les cas, il me donnerait également ce dont j'avais besoin.

— C'est mon travail, en tant que compagne.

Pour le peu de temps qu'il nous reste.

Et je l'accomplirais. Pendant l'heure qu'il nous restait.

— Les Forsiens aiment que leurs compagnes les regardent quand ils la baisent. Pour la regarder jouir. Pour voir comment il la possède. Pour lui donner du plaisir.

Oh, Seigneur, ma culotte était fichue.

Il me posa une main sur la poitrine et me poussa pour que je me retrouve allongée sur la table. Il me passa les mains sous les genoux et les écarta. Lorsqu'il vint se placer à genou devant moi, je gémis.

Il me débarrassa rapidement de mes bottes et de mes chaussettes, puis me plaça les jambes sur ses épaules et m'admira.

— Mak, gémis-je.

Il ne m'avait pas encore touchée, pourtant.

— C'est ça que je veux que tu me donnes. Ton plaisir. Je veux me couvrir le visage de ta saveur, de ton odeur, pendant qu'on sera en mission. Et quand tu auras joui, je lécherai tout ton désir. C'est seulement à ce moment-là que je te baiserai.

Je gémis et serrai les muscles des jambes dans l'espoir de l'attirer vers moi. *Là.*

— Tu veux ma queue, hein ? demanda-t-il en passant les doigts autour de mon entrée.

Je soulevai les hanches dans un mouvement involontaire.

— Oui. S'il te plaît. N'importe comment. Touche-moi.

— Ah, tes supplications sont si douces à l'oreille. Je me demande si ta saveur est aussi douce.

C'est à cet instant qu'il baissa la tête. Qu'il me fit jouir. Qu'il me fit tout oublier, à part la façon prodigieuse dont il me maîtrisait.

8

Mak, Navette 2, Lune de la Colonie

— Marz, vous nous recevez ? dit Gwen.

Elle était assise à côté de moi, dans le siège de copilote, et bougeait les mains si vite sur les tableaux de commande qu'elles étaient presque floues. Elle était dans son élément. Rapide. Redoutable.

Magnifique. J'avais dû mal à croire que le commandant ait pu décider de la laisser sur la planète, tant elle était utile à la mission. C'était une guerrière incroyable, une pilote ce que j'ignorais. Il était bien dommage qu'elle ait dû négocier avec le gouverneur pour accomplir ce qu'elle savait faire de mieux.

Son odeur persistait sur ma peau, et cela me donna une érection. Encore. Je n'avais pas envie de me laver avant des jours pour pouvoir m'accrocher à ce dernier lien avec elle.

— Nous sommes là, dit Marz. Nous sommes à pied. À dix minutes des premières coordonnées.

— Bien reçu. On part dans cinq minutes. On se donne des nouvelles toutes les dix minutes.

— Dix minutes. Bien reçu.

Marz semblait calme, ce qui était une bonne chose. Je voulais être sûr que cette mission se déroulerait comme prévu, que Gwen et les deux guerriers prillons regagneraient la Colonie en vie. J'allais devoir laisser Gwen après cette mission, mais tant qu'elle était avec moi, j'assurerais sa sécurité.

Gwen vérifia l'écran qu'elle avait au poignet et leva ses jolis yeux noirs vers moi, elle était concentrée sur sa mission.

— Prêt ? me demanda-t-elle.

Je hochai la tête et regardai par la vitre du cockpit alors que notre navette se posait doucement.

— Je vais te protéger, Gwen, et ensuite, je devrai partir. Je ne peux pas retourner sur la Colonie.

— Je sais.

Elle déboucla sa ceinture et quitta son siège. Debout, elle me dépassait, pour une fois. Elle me posa les mains sur le visage et se pencha pour m'embrasser tendrement sur les lèvres. Elle était douce, féminine. C'était la chose la plus douce qu'elle ait jamais faite, et son geste me secoua profondément, surtout maintenant que je savais à quel point elle était forte.

— Il n'y a pas de problème, Makarios de Kronos. Tu n'as pas ta place ici. Je comprends.

Elle m'adressa un petit sourire.

Je haussai un sourcil.

— C'était un baiser d'adieu ?

— Jamais.

Elle avait un grand sourire, à présent, et me donna un autre baiser, celui-ci plus passionné. Et avec pas mal de langue. Mon sexe se contracta immédiatement.

— Tu m'appartiens jusqu'à la mort, non ? dit-elle. Ça fait long, Mak. Tout peut arriver.

Elle recula, hors de portée, avant que je puisse protester. Je n'aimais pas ses mots, et si nous avions été dans mon appartement de la Colonie, je lui aurais donné une fessée. Elle était rapide, et mon harnais m'empêcha de la poursuivre.

Merde.

Quand je réussis à me détacher, elle était devant la porte, son casque sur la tête, armée jusqu'aux dents de pistolets à ions, d'un grand fusil, de plusieurs grenades fixées à sa ceinture, et d'un couteau à l'air redoutable attaché à sa cuisse. Elle portait un petit sac à dos, et je savais que le Prillon, Vance, aurait le même, bourré à craquer d'explosifs.

Assez pour faire sauter un vaisseau plus grand que les petites navettes que nous avions prises pour atteindre la surface de la lune. Assez pour éliminer les centres de communication de la Ruche et des dizaines d'Éclaireurs ou de Robots. Et ma Gwen avec.

J'avais envie de la taquiner, de détendre l'atmosphère, mais c'était impossible. Elle aurait sans doute besoin de tous ses explosifs, de toutes ses armes. Nous savions que la Ruche était là, quelque part. Et nous étions assez bêtes pour plonger dans le brouillard tourbillonnant pour dénicher ses membres.

— Rapport, fit la voix du gouverneur dans nos casques.

— Nous sortons de notre navette. Nous nous dirigeons vers le premier objectif, dit Gwen.

Elle vérifia l'écran de son casque. Je voyais clairement l'objectif dans le mien, mais je n'avais aucune envie de parler à Maxime Rone, le Prillon coincé qui avait fait de moi un quasi-prisonnier pendant beaucoup trop longtemps. C'était peut-être le gouverneur, mais ça ne voulait pas dire que j'étais obligé de l'aimer.

— Dans cinq minutes, ajouta Gwen.

— Nous vous écoutons, Lieutenante. En ligne avec les deux équipes.

Il voulait s'assurer que nous sachions qu'elle était sous surveillance. Le moindre faux pas, et j'étais convaincu qu'il la forcerait de nouveau à rester à terre.

— Oui, ça ne m'étonne pas, dit-elle.

Son ton insolent me fit hausser un sourcil, mais elle se contenta de me sourire à travers son casque et appuya sur le bouton qui faisait descendre la rampe d'accès de la navette.

Un épais brouillard gris nous enveloppa tous les deux, enroulé autour de nous comme sur une bobine. En un instant, nous ne pûmes plus voir qu'à quelques pas devant nous.

Je me mis immédiatement sur mes gardes. Ce n'était pas un réflexe de guerrier, car je n'en étais pas un. Je ne l'avais jamais été. C'était un réflexe de compagnon. C'était nouveau, mais les instincts protecteurs que j'avais envers Gwen étaient féroces.

Je l'attrapai par le bras alors qu'elle faisait un pas vers le sol. Pas fort, mais juste assez pour attirer son attention.

— Reste dans mon champ de vision, lui ordonnai-je.

Ma compagne inclina la tête vers moi et me sourit. Ce n'était pas un sourire aimable.

— Regarde l'écran de ton casque, Mak. Tu peux me repérer même derrière les rochers. Et tu peux être aussi autoritaire que tu veux au lit, mais ici, dans ce putain de brouillard, c'est moi qui commande.

Bon sang, elle avait raison. J'étais seulement là pour assurer sa protection, pas diriger la mission. Alors je lui obéis, en sachant déjà ce que j'allais voir. Je pouvais effectivement voir un petit point indiquer sa position par rapport à la mienne. Le capitaine Marz et Vance le Prillon apparaissaient également sur l'image. En rouge, dans les zones que nous avions repérées pendant notre mission de reconnaissance, se trouvaient des cibles lumineuses entre les deux navettes.

Ces points clignotants ne me suffisaient pas. Tant pis.

— Non, compagne. Reste où je peux te voir de mes yeux.

Gwen se dégagea.

— C'est ridicule. Ça voudrait dire rester à moins d'un mètre de toi.

— Je ne discute pas, femme.

— Femme ?

J'aurais dû écouter Braun quand il m'avait parlé des terriennes. J'aurais dû me souvenir qu'il fallait ruser pour réussir à les protéger. Mais mon corps me hurlait d'assurer sa sécurité, de rester avec elle, de la protéger. Je l'imaginais blessée, aux mains de la Ruche à nouveau, et mon esprit bouillonnait. Mes crocs sortirent, et ma voix était un mélange de rugissement et de sifflement.

— Tu vas m'obéir. Tu es à moi. Je te protégerai.

Gwen me donna une tape sur le bras, la tête penchée sur le côté, l'air faussement innocent.

— Reprends-toi, le serpent. C'est pas près d'arriver.

Avant que je ne puisse protester, elle disparut, perdue dans le brouillard tourbillonnant, plus qu'un petit point vert dans mon casque.

— Que les dieux soient maudits ! Gwendoline ! Reviens ici ! rugis-je dans le micro.

Mais le petit point vert continua de s'éloigner de moi, de plus en plus vite, trop vite pour une humaine normale.

Le rire rauque qui, je le savais, me parvenait de la base ne m'aida pas à me calmer. Ni le petit ricanement amusé du capitaine Marz dans mon oreille.

— Ferme ta gueule, Marz. Ou je t'arrache les bras.

À présent, Vance se moquait de moi, lui aussi.

— Allez- vous faire mettre, tous les deux.

Et la voix douce de ma compagne retentit enfin dans mon casque :

— Non, Mak, s'il y a quelqu'un qui compte bien se faire mettre, c'est moi.

Les rires reprirent de plus belle et ne firent qu'attiser ma colère.

— Ça suffit, tout le monde. Concentrez-vous sur votre mission et fermez-la.

L'ordre du gouverneur fit taire les rires de Marz et Vance, mais j'aurais dû me douter qu'il serait inefficace contre ma Gwen. Cette femme était trop féroce et têtue pour son propre bien.

Encore une chose dont Braun m'avait averti.

— Pardon, Gouverneur, dit-elle avec une voix gentille, presque trop gentille. Je m'assurais simplement de revendiquer la queue magnifique de Mak.

Hein ?

— Taisez-vous, Lieutenante.

Le gouverneur était sérieux, mais c'est le rire distant de ma compagne qui me fit sourire. Ça, et le fait qu'elle venait d'annoncer à toute la planète que ma queue était magnifique. Et c'était bien vrai.

Je renonçai à dompter ma compagne et suivis son petit point vert sur l'écran de mon casque, qu'elle veuille ma protection ou non.

―――

G<small>WEN</small>

Je ne voyais rien du tout... mais je les entendais. Les membres de la Ruche. Dans ma tête. La vibration subtile de plusieurs soldats hauts-gradés qui se déplaçaient sur ma chair, sous ma peau, comme la caresse de milliers d'ailes de moustiques prêts à piquer. La Ruche ne m'avait pas donné cette technologie pour que je m'en serve contre elle, mais c'était exactement ce que j'étais en train de faire.

Ils étaient là. Quelque part. Et il fallait que je les trouve, que je les tue, avant qu'ils ne puissent refaire du mal à Mak. Quand j'avais été faite prisonnière, j'avais juré de les combattre jusqu'à ce qu'il ne reste plus rien de moi. Je pourchasserais et tuerais ses membres jusqu'à mon dernier souffle. Mais c'était mon choix. Pas celui de Mak.

Tout ce qu'il voulait, c'était être libre. S'éloigner de toute cette folie et oublier, retrouver son ancienne vie. Et simplement... s'envoler.

Je ne pouvais pas faire comme lui, mais je pouvais l'aider. Si j'arrivais à pulvériser le centre de communication de la Ruche avant que ses membres nous repèrent, ce serait possible. Il serait libre, et il n'aurait plus jamais à les affronter. Il n'aurait plus jamais à les voir et à se souvenir de ce qu'ils lui avaient fait subir.

Ce n'était pas grand-chose, mais c'était tout ce que je pouvais faire pour l'aider. Et je voulais lui faire ce cadeau, l'aider un tant soit peu. C'était peut-être lui le dominant, mais c'était moi qui commandais ici, et je pouvais accomplir des choses. Pour lui.

L'envie irrépressible de le protéger était ridicule, et possessive, mais mon cœur s'en fichait. J'avais besoin de faire ça pour lui. Cette dernière chose.

— Gwen, arrête. Attends-moi. Ne sois pas bête.

Les ordres de Mak étaient faciles à ignorer.

Je courus vers le bourdonnement, le son presque imperceptible qu'émettaient mes anciens tortionnaires. Le signal était différent dans mes souvenirs, mais après tout, l'Unité Nexus qui m'avait intégré à l'esprit de Ruche était loin d'ici, dans un autre secteur de la galaxie. Les soldats de la Ruche qui se trouvaient sur la lune devaient être sous le commandement d'une autre Unité Nexus.

Pas de la mienne. Elle s'appelait Nexus 2.

Je ne l'oublierais jamais. Il m'avait dit son nom alors qu'il me torturait, qu'il me façonnait selon ses goûts. Son véritable nom.

Il voulait que je le prononce. Que je devienne *sienne.*

Que je porte ses enfants.

Que je sois sa reine.

Mon estomac se serra alors que je courais vers mon passé, vers l'horreur de ces semaines passées aux mains de Nexus 2, à lutter contre les ténèbres de son esprit, contre l'attirance hypnotique que ses yeux noirs provoquaient sur mes émotions. Il n'était pas comme les autres membres de la Ruche que la Coalition tuait tous les jours. Il appartenait à une espèce alienne. Sa peau était bleu foncé. Ses yeux étaient deux puits noirs, comme ceux d'un grand requin blanc terrien. Il n'y avait rien d'humain dans ses yeux ou dans son contact. Ce n'était pas un robot, pas ce que la Coalition imaginait quand elle pensait aux membres de la Ruche, les guerriers venus d'autres mondes et contrôlés par des implants biosynthétiques et des fréquences psychiques. Ceux qui se déplaçaient trois par trois.

Non. Nexus 2 — mon ennemi juré — était différent. L'un des membres centraux de la Ruche. Il contrôlait des millions, peut-être même des milliards d'esprits. Et il avait voulu le mien. Il avait voulu que je m'offre volontairement à lui.

Dans ses rêves.

— Lieutenante, où allez-vous ? demanda le gouverneur Rone dans mon oreille. Vous quittez la zone balisée.

— On s'est trompés. Ils sont là. Je suis proche. Je les entends.

Silence radio, puis tout le monde se mit à me crier dessus en même temps.

— Repliez-vous, tout de suite ! Attendez les renforts.

Le gouverneur. Mmm, non, très peu pour moi.

— Non, Gwen ! Ne fais pas ça. Je te l'interdis.

Me l'interdire ? *Désolée, Mak. Je ne connais pas ce mot.*

— Nous sommes à vingt minutes de vous. Attendez-nous !

Marz. L'attendre ? C'était peut-être la meilleure chose à faire, mais ils voudraient tous jouer, et je voulais tuer tous les membres de la Ruche toute seule. En finir avec eux, passer à la mission suivante. Protéger Mak pour qu'il puisse être libre.

— Qu'est-ce que tu fous, Gwen ?

C'était Vance, et c'était le seul à me dire quelque chose qui appelait une réponse.

— Je vais tuer des membres de la Ruche, voilà ce que je fous, dis-je en vérifiant ma montre et en réalisant le nombre de bourdonnements que j'avais dans la tête. Vous devriez arriver juste à temps pour le nettoyage, les gars. Je vais essayer de ne pas trop mettre le bazar.

C'était un mensonge. J'allais tremper la terre de sang de la Ruche comme une déesse guerrière.

— Terminé, dis-je.

— Non !

J'éteignis mon talkie-walkie. Franchement, je n'avais pas besoin d'entendre tous ces cris ou qu'ils décortiquent tout ce que je faisais ou disais.

J'avais l'avantage, une chose qu'ils ignoraient tous. Marz, Vance, Mak et même le gouverneur. Quelque chose que je n'avais jamais admis. Même pas quand le Centre de Renseignements m'avait interrogée pendant des jours quand j'avais débarqué seule dans un vaisseau de la Ruche. Même pas quand les médecins m'avaient examinée sous toutes les coutures et m'avaient soumise à tout un tas de tests. Même pas quand j'avais plongé le regard dans les yeux de Mak et que j'avais ressenti le besoin pressant de lui confier la vérité.

Mais j'avais gardé le secret, car Mak n'était pas à moi. Pas vraiment. Nous avions passé un marché. Il n'avait pas besoin de savoir.

Les épaules en arrière, je fis la seule chose que je ne m'étais pas autorisé à faire depuis que j'avais échappé au Nexus qui avait tenté de me posséder. Je passai en mode Ruche. Oui, c'était possible, et j'étais persuadée que les autres membres de la Colonie n'en étaient pas capables. C'était comme être Bruce Banner et se transformer en l'Incroyable Hulk. Personne — ou en tout cas, aucun des non-terriens — ne pourrait comprendre cette référence. En langage extraterrestre, ce serait comme passer en mode bestial pour un Atlan, mais en mieux. J'étais déjà incroyablement forte. Je n'avais pas besoin de laisser sortir ma bête. J'avais besoin de laisser sortir mon côté *Ruche*. Ou en tout cas, de les laisser entrer dans ma tête. Pas dans mon corps. Je pouvais me servir de leur technologie, de leurs plans pour moi, contre eux. J'allais me connecter aux soldats de la Ruche qui se trouvaient sur la prochaine colline lunaire.

Le bourdonnement dans mon esprit s'intensifia presque immédiatement, mais je me contentai de serrer les dents et je ne luttai pas contre le flot d'informations qu'ils m'envoyaient. J'étais comme un ordinateur sur pattes, analysant des tas de données et d'information instantanément. Je continuai de courir vers eux en filtrant tout ce que je pouvais pour calmer la migraine intense qui menaçait de me faire exploser le crâne.

Des gouttes de liquide chaud me coulèrent du nez

jusqu'aux lèvres, et je goûtai mon sang. Mon cerveau était plein à craquer. Il débordait.

Tant pis.

Je me mis à courir plus vite, aussi vite que me le permettaient les fibres biosynthétiques de mon nouveau corps. Les cailloux et la poussière volaient sous mes pieds alors que je fonçais au point de rendre le paysage environnant complètement flou. Plus je les atteindrais vite, plus ma douleur cesserait rapidement, et la mission pourrait se finir. J'allais les écraser, ces enfoirés.

Comme je l'avais deviné, les membres de la Ruche attendaient, tous alignés en groupes de trois pour former un triangle. Neuf au total, ils pointaient tous leurs armes sur moi alors que je m'arrêtais net à quelques mètres d'eux et que je m'éclaircissais la gorge. Je n'étais pas essoufflée du tout, mais l'adrénaline me courait dans les veines, me faisait trembler, me faisait tambouriner le cœur. J'aurai eu peur qu'il m'éclate dans la poitrine, si j'étais toujours humaine.

Je n'avais pas besoin de dire quoi que ce soit à voix haute, car ils étaient connectés télépathiquement à moi, comme je l'étais à eux. Mais je parlai tout de même, pour que le son m'ancre dans la réalité, qu'il me rappelle que j'étais plus qu'une simple intégration de la Ruche.

— Nous sommes Nexus 2. Au rapport. Pourquoi n'avez-vous pas terminé, ici ?

Je faisais attention à parler comme le ferait une véritable Unité de la Ruche, même si j'avais l'air ridicule. En tant que membre de l'entité connue sous le nom de Nexus 2, je n'aurais jamais parlé de moi au singulier. Aucun membre de la Ruche ne le faisait, sauf les Unités Nexus qui contrôlaient le collectif de la Ruche. Les « chefs » de la Ruche. Les créatures bleu foncé étaient terrifiantes, et leur télépathie était tellement puissante qu'ils étaient capables de convaincre une femme qu'elle se trouvait dans un champ de fleurs plein de papillons alors qu'elle était en train de se faire opérer. Ils étaient capables de lui faire ressentir de l'affection sans qu'elle sache que ce n'était pas réel. Ouais, ça avait été vachement agréable. *Ou pas.*

Jusqu'à ce que je me réveille hors de portée du champ télépathique de Nexus 2. Ça n'avait été que souffrance et haine envers moi-même, une expérience que je n'avais aucune envie de renouveler. En fait, le simple fait de voir les neuf soldats de la Ruche devant moi me donnait des frissons et la nausée.

Les Unités Nexus avaient beau me terrifier, les membres de la Ruche que j'avais sous les yeux n'étaient que des sous-fifres. À leurs yeux, j'étais leur supérieure. Comme pour me le confirmer, les neuf soldats se mirent à genoux devant moi, et j'en profitai pour scanner leurs esprits afin de découvrir leurs intentions, les ordres qu'ils avaient reçus, tout ce qu'ils pourraient m'apprendre. Et ça avait beau être triste, je touchai leurs esprits avec le mien, pour vérifier s'il y en avait qui continuaient à se battre et seraient dignes d'être sauvés. Un guerrier de la Coalition qui lutterait toujours contre le contrôle de la Ruche et qui n'avait pas eu la chance de s'échapper pour rejoindre la Colonie.

Le soldat le plus haut gradé avait été un Prillon. Couvert de la tête aux pieds par les implants de la Ruche, pas un centimètre carré de sa peau n'était intact. Il ressemblait à un androïde, sans plus rien de biologique ou de naturel. Il s'exprima à voix haute, comme je l'avais fait, et je réalisai qu'ils n'avaient pas pu entendre ma voix à cause de mon casque fermé. Je n'entendais rien d'autre qu'un petit murmure. Mais je l'entendais très clairement dans ma tête.

— Ma reine, nous devons protéger le réseau de communication en attendant que Nexus 4 ait accompli sa tâche.

Accompli sa tâche ? J'avais déjà entendu ces termes.

C'était un nom de code pour voler une femme, la forcer à endurer les implants de la Ruche et à se reproduire. Ne former qu'un avec le Nexus qui l'avait tourmentée.

— Et les ressources du téléporteur ? demandai-je. Elles sont surveillées ?

J'avais assisté à plusieurs réunions au cours desquelles avait été évoqué le vol de minerai — la substance qui servait à faire fonctionner nos téléporteurs — de la Colonie par la Ruche. Si la Ruche s'emparait d'assez de ressources pour mettre à mal les opérations de la Coalition, elle gagnerait la guerre. Malgré des mois de recherche, nous n'avions pas réussi à localiser les équipes — menées par Nexus 4 — dans le réseau de grottes qui se trouvait sous la surface de la Colonie. Nous ne savions même pas si c'était vraiment pour cela qu'ils hantaient les sous-sols de la planète. Et nous savions qu'ils s'y trouvaient, tout comme Krael, le traître qui était passé dans leur camp.

— La première livraison a été reçue. La deuxième devrait nous être envoyée dès que Nexus nous l'ordonnera.

Super. Alors ils avaient déjà volé assez de minerai à la Colonie pour qu'une autre livraison soit prête à être envoyée.

— Dans quels délais ? Les délais ne nous plaisent pas.

Les soldats de la Ruche frémirent en entendant le ton de ma voix. En tant que femme liée à une Unité Nexus, je pouvais les torturer rien qu'avec mon esprit. J'étais la reine des abeilles dans une ruche pleine de soldats et de robots. Je pouvais littéralement les tuer sur un coup de tête si je le voulais... et je le voulais très fort. Ces guerriers de Coalition avaient eu beau être privés de toute leur personnalité, ils connaissaient la peur. Ils avaient toujours un instinct de survie. Même les programmes de la Ruche n'étaient pas capables de les en déposséder. Et la peur était une émotion très utile pour tout le monde, s'ils voulaient rester en vie. Ou en tout cas, rester fonctionnels pour la Ruche.

— Nexus 4 n'a pas réussi à obtenir de femme.

Je ravalai la bile qui me montait à la gorge. Je savais très bien ce que c'était, d'être *obtenue*. Nexus 2 s'en était assuré. La créature bleu foncé m'avait voulu pour compagne, pour reine. Et j'avais failli perdre l'esprit, tout sens de mon identité, sous son contrôle. Mon côté obstiné, le même qui m'attirait des ennuis depuis que j'étais petite — et qui m'attirait toujours des ennuis avec le gouverneur—, m'avait sauvé. J'avais simplement refusé de me rendre, jusqu'à ce qu'une occasion se présente de voler un vaisseau, et je m'étais échappée.

— Donnez-nous la localisation exacte de Nexus 4. Nous lui parlerons directement, dis-je tout en continuant d'utiliser le pluriel.

Je tuerais ces neuf-là, puis je retournerais à la surface de la planète pour éliminer les autres. Et Nexus 4, l'unité télépathe qui avait tenté d'assassiner les jumeaux de CJ et Rezzer quelques mois plus tôt ? Qui avait tenté de prendre Caroline Jane avec lui ? De tuer les bébés atlans qui grandissaient dans le ventre de CJ ? Il courait toujours. Il s'était mis en quête d'une autre femme. Il n'y en avait pas beaucoup sur la Colonie — le Nexus se ficherait de savoir si elle était célibataire ou accouplée —, ce qui n'augurait rien de bon pour mes amies terriennes. Et je savais que Rezzer passerait sans doute en mode bestial, s'il avait l'occasion de se venger.

Je lui donnerais une femme, à ce connard bleu, mais pas aussi facile à torturer qu'il le pensait. Je lui rendrais la monnaie de sa pièce.

Le soldat de la Ruche qui se trouvait devant moi se leva lentement.

— Nexus 4 est d'accord pour vous voir. Il vous

demandera de vous allier avec lui, car Nexus 2 n'est pas là pour s'occuper de vous.

Je mis un moment à comprendre ce qu'il voulait dire. Nexus 4 voulait me servir de *protecteur*. N'importe quoi. Il voulait surtout que je lui serve d'utérus sur pattes, oui.

La Ruche voyait-elle les femmes comme les extraterrestres qui se trouvaient sur la Colonie ? Comme mon soi-disant compagnon, Nexus 2, se trouvait dans un autre secteur de l'espace et qu'il ne se tenait pas à mes côtés, Nexus 4 ressentait le besoin de me prendre pour lui ? Pour ma propre protection ? Pour s'occuper de moi ? Pour me garder... quoi, en sécurité ?

Pour me torturer, plutôt. Pour me forcer à pondre d'autres petits psychopathes bleus. Non.

Mais il y avait une chose que je savais, et que j'avais dite aux médecins du Centre de Renseignements. Les Unités Nexus n'étaient pas amies. Elles se détestaient, même, se voyaient comme des moindres maux, des alliés nécessaires pour vaincre la Flotte de la Coalition et conquérir la galaxie.

Mais quand ce serait fait, elles se retourneraient les unes contre les autres comme des monstres affamés qui se battraient pour un morceau de viande. Chaque Unité Nexus contrôlait un secteur spécifique de l'espace, avec ses propres Éclaireurs et Soldats. Ils se livraient à une course pour intégrer tous les êtres biologiques à leurs armées personnelles, pour être prêts pour la *véritable* guerre, la guerre entre les Unités Nexus elles-mêmes.

Pendant des siècles, tous les membres de la Coalition des Planètes avaient cru que la Ruche était un collectif composé de penseurs coopératifs. Le Centre de Renseignements et les quelques organisations qui connaissaient l'existence des Unités Nexus croyaient qu'elles étaient amies. Des extraterrestres avec un but commun, des idées communes.

Ils se trompaient. Les Unités Nexus étaient individualistes. Égoïstes. Elles coopéraient parce qu'elles y étaient obligées si elles voulaient survivre face à la Coalition. Un front de résistance. Une coopération nécessaire. Rien de plus. Rien de moins.

Les mondes de la Coalition ? Pour elles, c'était de la matière brute. Nous étions des fournitures à acquérir. Des guerriers à ajouter aux forces de leur armée. Des munitions. Des corps dispensables.

Et les Unités Nexus n'hésiteraient pas à voler les soldats et les Éclaireurs des autres. Ou moi. À ma connaissance, j'étais la première *compagne* de Nexus presque entièrement intégrée.

J'étais impatiente de tuer Nexus 4. Pour moi, ils étaient pareils. Le mal incarné. Dépourvus de conscience. Sans âme. Il fallait simplement que je m'assure de ne pas le regarder dans les yeux avant de passer à l'acte. Un coup d'œil vers ces puits de noirceur, et je serais fichue. Piégée. Complètement sous son contrôle. Car j'avais beau être forte comme tout grâce à eux, j'avais une faiblesse, il y avait une façon pour eux de me contrôler contre mon gré.

La connexion entre les esprits.

Si je laissais Nexus entrer, je serais perdue. Mon esprit serait foutu. Tout serait complètement fichu.

— Envoyez-nous les coordonnées, dis-je.

Les informations circulèrent dans mon esprit comme des données que l'on téléchargerait, et je poussai plus loin, gagnai accès à plus d'informations que celles que j'étais censée recevoir. C'était comme voler des bonbons à un bébé. Je reçus la localisation du vaisseau sur la surface lunaire. Des cartes de leurs refuges sur la Colonie. Des données de géolocalisation pour les mines. La position des soldats et des robots de la Ruche. J'obtins tout en quelques secondes, y compris la localisation de leur vaisseau de livraison et des informations sur la quantité de minerai volé qu'il contenait. En l'espace de quelques secondes, j'avais tout.

— Merci, dis-je.

Avec un sourire, à présent, je m'avançai vers lui et lui attrapai la tête, avec son casque. Je la tordis avec toute la colère que j'avais réprimée ces dernières semaines et lui brisai la nuque, puis le laissai tomber par terre, mort. Cet acte ne provoqua aucune réaction en moi. Ce corps était une coquille vide. Si je l'avais connu, j'étais persuadée qu'il aurait voulu que je le tue, car personne ne voudrait être comme ça, dépourvu de son esprit, un automate forcé à commettre le mal.

Surpris, les autres se dépêchèrent de se remettre debout et de tirer.

Le premier tir à ions me fit plus mal que je l'aurais cru, mais pas assez pour m'empêcher de briser la cage thoracique du tireur et de lui enfoncer les os jusqu'à ce que son cœur cesse de battre. Un jour, ç'avait été un Viken. Désormais, c'était un monstre. Un monstre mort.

Deux à terre, plus que sept.

Je dégainai le couteau fixé à ma cuisse et égorgeai l'Atlan intégré le plus proche de moi. Il était toujours à genoux. Ses yeux devinrent flous, et j'aurais juré y avoir lu de la gratitude. Il ne lutta pas et ne tenta pas de m'arrêter, ce qui me brisa le cœur, me fit mal d'un million de façons différentes. Il ressemblait trop à Mak. Trop grand. Trop fort. Trop noble.

Il aurait pu me tuer, mais il avait lutté contre son conditionnement, était resté immobile pour le coup de grâce. Oui, c'était à ça que je m'étais attendue. Un soupçon de vie, de la personne qu'il avait été.

Le soulagement dans ses yeux hanterait mes rêves à jamais. Il était enfin en paix.

L'injustice de son sacrifice me donnait envie de hurler et de pleurer. Mais ça ne servirait à rien. Il voulait mourir avec dignité. Honneur. Il n'en méritait pas moins.

Un tir à ions me frappa par-derrière, et je me détournai de la ligne de feu avec un sourire.

J'étais un Nexus, à présent, grâce à leurs propres maîtres. Il leur faudrait bien plus que des pistolets à ions pour m'abattre. C'était comme tenter de tuer un ours avec un fusil à plombs.

Visiblement, ils s'en rendirent compte, et trois d'entre eux se précipitèrent vers moi. Je les abattis avec un coup de pied qui aurait fait la fierté de Chuck Norris. Ma manœuvre fractura le crâne du premier soldat, brisa la cage thoracique du deuxième, et cassa le bas de la jambe du troisième. Il tomba par terre avec un cri de douleur, qui se tut lorsque je lui piétinai la gorge.

J'affrontai les autres, en frappant sans aucune pitié alors que les morts m'entouraient. Mon deuxième combat n'avait pris que deux minutes, mais j'avais l'impression de m'être battue pendant des années — parce que c'était le cas. J'avais eu envie de partir en mission, de détruire la Ruche membre par membre, mais ce n'était jamais facile. Cela venait au prix de douleur personnelle. De destruction émotionnelle.

J'avais besoin d'un Valium. D'un Xanax. Quelque chose pour me faire oublier.

C'était ce que Mak avait accompli ; durant quelques heures, j'étais devenue plus qu'une chose brisée, qu'une reine de la Ruche, que la compagne d'un connard bleu qui voulait que je porte ses enfants. Avec Mak, je me sentais vivante. Belle. Sensuelle. *Moi-même.*

Mais il ne voulait pas de moi. Il me désirait sexuellement, oui. Mais pas complètement. Pas de la façon dont mon cœur brisé avait besoin. Mak refusait de me mordre, refusait d'envisager de rester vivre avec moi sur la

Colonie. Quand le Centre de Renseignement aurait compris ce que je leur avais caché — et qu'il saurait quelles données j'avais dans la tête, à présent—, il voudrait m'utiliser pour attirer les Unités Nexus qui contrôlaient la Ruche et les tuer. Il vaudrait me traîner aux quatre coins de la galaxie. Je leur servirais d'appât pour capturer des Nexus, encore et encore. C'était logique ; je ne pourrais pas leur en vouloir. C'était un bon plan, même si je n'avais pas très envie d'être utilisée ainsi. Je n'étais pas sûre d'y survivre, et je n'étais pas sûre d'en avoir envie.

Je ne ferais que... vivre. Survivre. Me battre. Sans bonheur. Sans joie. Sans connexion autre que celle que je partagerais avec la Ruche. Et ce n'était pas celle qu'il me fallait.

Sans Mak, je serais comme l'Atlan que je venais de tuer. Une coquille vide, utilisée pour la guerre, pour des stratégies et rien de plus. Je serais un pion sur l'échiquier de la galaxie.

Je ne pouvais pas vivre comme ça. Pas pour longtemps. Pas si je ne pouvais pas avoir le seul homme que je voulais. Ça ne faisait qu'un jour que je l'avais choisi, que j'avais passé ce marché. Mais il s'était passé tant de choses depuis. La connexion — oui, ce mot tournait en boucle dans ma tête — était puissante. Intense. C'était comme si nous avions bel et bien été appairés par le Programme des Épouses. Ou comme si nous étions des compagnons marqués d'Everis. Le lien entre nous était bien réel, et Mak ne m'avait même pas revendiquée. Je me demandais comment ce serait, s'il me faisait sienne pour de bon.

Ce serait puissant. Intense. Paisible.

Pourtant, Makarios de Kronos était sauvage, un électron libre. Il ne m'avait rien promis. Il n'était pas revenu sur sa parole, ne s'était pas comporté de façon déshonorable. Je ne pouvais pas lui en vouloir, il n'avait rien fait de mal, à part éveiller en moi des émotions que je n'aurais jamais crues possibles. Mais c'était mon problème, pas le sien. Je refusais d'être un boulet pour lui. J'honorerais notre marché.

Mais je savais que rien ne pourrait m'aider, à part frapper la Ruche en plein cœur. Frapper les Nexus qui contrôlaient tout.

Et Nexus 4, qui se cachait à la surface de la planète comme un serpent ? Il saurait que j'arrivais. Ce qui m'allait très bien.

Je me dirigeai vers le vaisseau de la Ruche que j'avais l'intention de piloter pour aller voir Nexus 4 et je permis à la technologie qui me couvrait presque tout le corps de reprendre sa couleur initiale — qui tenterait l'Unité Nexus le plus possible— , un bleu foncé et vif. J'avais appris à la cacher, mais à présent, la couleur me submergeait. Je leur ressemblais, à présent. J'étais telle que Nexus 2 m'avait faite.

Bleue. Féminine. Forte.

Parfaite pour la reproduction.

S'il y avait un instinct aussi fort que celui de survivre, c'était celui de baiser. Et pour autant que je sache, j'étais la seule femme de la galaxie conçue pour tenter ces enfoirés. Si je pouvais le faire penser avec son sexe plutôt qu'avec sa tête, j'aurais une chance. Et au lieu de le toucher avec des mains d'amante, je lui arracherais la tête.

9

Mak, Surface de la Lune de la Colonie

Terminé ?

C'était vraiment ce que Gwen m'avait dit ? J'allais la trouver, la pencher sur mes genoux, et lui donner la fessée jusqu'à ce que son derrière soit rouge vif sous ma paume.

Terminé.

Non. Je la fesserais, et ensuite je la pénétrerais, la baiserais jusqu'à ce qu'elle se soumette, qu'elle ne dise plus jamais rien d'aussi stupide. Quand j'avais assisté à la réunion d'avant mission, j'avais dit que j'assurerais la sécurité de Gwen. Oui, ç'avait été une ruse pour quitter cette foutue planète, mais j'avais dit la vérité. Tant qu'elle serait avec moi, je la garderais en sécurité.

Mais elle était partie de son côté. C'était quoi, ce bordel ?

Elle était peut-être en train de se faire tuer par la Ruche en ce moment même. Et elle avait un sac plein d'explosifs sur le dos.

MERDE.

L'idée qu'elle puisse mourir, réduite en morceaux, me

poussa à courir plus vite, en criant à Marz et à Vance de se bouger le cul.

— On est plus proches de notre vaisseau, me répondit Marz. On va le rejoindre, et on s'envolera pour l'endroit où Gwen a été repérée en dernier.

— D'accord, mais dépêche-toi, Marz.

— On arrive, Mak. Garde-la en vie.

Il était en colère. Je n'avais aucun doute que lui aussi avait envie de fesser Gwen pour la punir de son mauvais comportement, mais il allait devoir se satisfaire de savoir que je prendrais les choses en mains.

Il fallait simplement que je la garde en vie en attendant leur arrivée.

Plus facile à dire qu'à faire. Si le gouverneur avait cru pouvoir contrôler ma compagne, il s'était trompé. J'étais sûr qu'il suivait chaque seconde de ce désastre grâce au système de communication satellite. Où avais-je eu la tête ? Je ne pouvais pas la laisser sous la protection de Maxime. Elle était trop têtue. Trop obstinée. Trop féroce pour son bien. Et la façon dont elle avait couru — avec une vitesse folle — dans le brouillard en direction de l'ennemi en était la preuve.

Le conseil que m'avait donné Braun sur les terriennes me hantait encore. Je n'avais pas compris le poids de ses mots, la profondeur de la compréhension qu'il avait de ces femmes. Le mot féroce ne suffisait pas à les décrire. Et la mienne, avec ses intégrations de la Ruche... Bon sang, j'étais foutu.

Ces femmes se lançaient dans la bataille sans aucun instinct de survie. Et Gwen avait beau ne pas être officiellement ma compagne, le fait que je ne puisse pas la mordre ne m'empêcherait pas de la protéger d'elle-même. J'étais un homme d'honneur, et qu'elle le veuille ou non, elle s'était donnée à moi. S'était soumise à mes soins. Soumise à mon sexe. Elle était à moi.

Je coupai le système de communication de mon casque, qui me reliait au centre de commandement, à la Colonie. Il y avait certaines choses que je n'avais pas envie de partager.

Je la sentis bien avant de les voir, la puanteur métallique des membres de la Ruche qui survivaient grâce à un drôle de mélange de nutriments et de décharges électriques, qui ne suaient pas, ne pleuraient pas et ne *ressentaient* rien.

Mes crocs hypérions se libérèrent, pas pour m'accoupler, mais pour massacrer. Pour se battre.

Je sentais la Ruche. Et ma compagne était parmi eux. À se battre. Seule.

Plus jamais ça.

Avec un rugissement de défi, je bondis par-dessus le petit monticule et trouvai une scène de dévastation. Gwen se tenait au milieu d'un, deux trois... six, non, neuf soldats de la Ruche morts. L'un d'entre eux était si grand qu'il avait forcément été Atlan dans une autre vie.

Cette vision me fit trembler. Elle les avait abattus toute seule. Tous. Neuf ennemis.

Quand elle se tourna pour me regarder, ses yeux étaient d'un bleu méconnaissable, impénétrable. Ils n'étaient pas humains. Son visage et ses mains étaient bleus, eux aussi. Mais la façon dont elle me regardait me fit l'effet d'un coup de poing, pleine de souffrance et d'un sentiment de trahison. Je doutais qu'elle sache tout ce qu'elle me révélait avec ce regard, mais je la connaissais. J'avais été en elle.

Je l'aimais. Bon sang. Je l'aimais. J'étais prêt à mourir pour elle. À ne jamais la quitter.

Si elle voulait bien de moi. Il m'avait presque fallu la perdre pour le réaliser.

Et en une journée seulement. À présent, quand je pensais qu'elle m'appartenait, ce n'était plus seulement par possessivité. Non, c'était beaucoup plus que ça. Mon cœur était impliqué.

— Va-t'en, Makarios. Prends le vaisseau dans lequel on est arrivés et rentre chez toi. Tu es libre.

Elle me tourna le dos, enleva son casque et agita ses cheveux noirs, les laissa tomber dans son dos. Les substances toxiques qui tournoyaient dans l'air autour de nous ne semblaient avoir aucun effet sur elle. Elle n'avait pas de mal à respirer. Aucune alarme ne retentit dans mon casque à cause de ses diagnostics. Rien, et heureusement que j'avais éteint le système de communication. Je ne voulais pas que le gouverneur entende cette conversation, sache que j'avais prévu de voler un vaisseau et de regagner Rebelle 5.

— Gwen ? Qu'est-ce que tu fais ?

Je fis un pas vers elle pour lui remettre son casque.

— Remets-le, dis-je.

Elle se tourna vers moi et se mit à enlever son uniforme. Elle s'en débarrassa alors que je la regardais. Fasciné. Perplexe. Perdu. Une minute plus tard, elle se tenait nue devant moi, l'étrange brouillard tourbillonnant autour de son corps comme des murmures caressant sa peau.

Figé, je la fixai des yeux. Je n'arrivais pas à détourner le regard. Elle était tellement belle, et pourtant différente de la Gwen que je connaissais. Bleue des pieds à la tête, ses cheveux noirs formaient un halo autour de ses courbes. Le bleu prenait plusieurs teintes différentes, certaines claires et d'autres plus sombres, et j'eus envie d'y passer les doigts, les lèvres.

Par les dieux. Que lui avait donc fait la Ruche ?

— Va-t'en, Mak. On a un marché. Tu es libre.

Je ne pouvais toujours pas bouger. Ni regarder ailleurs. Comme si je pouvais l'abandonner maintenant. Nue et bleue, entourée par les cadavres de la Ruche.

— Où vas-tu ? Où crois-tu aller, femme ?

Elle pencha la tête avec un sourire triste.

— Je vais en tuer le plus grand nombre possible.

Elle tourna légèrement la tête, comme pour écouter quelque chose que je n'entendais pas, et ajouta :

— Il est en colère contre moi parce que j'ai tué ses soldats. Tant mieux.

Elle souriait, à présent. C'était presque effrayant. Il ne lui manquait plus qu'une épée enflammée ou des serpents en guise de cheveux pour que les guerriers de l'univers tout entier construisent des temples en son honneur et l'idolâtrent.

— Il faut que nous y allions, tout de suite. Il attend.

Je fronçai les sourcils.

— Qui ça, il ? Qui attend ? Qu'est-ce qui se passe ? Pourquoi tu t'es déshabillée ?

Je m'approchai et l'empêchai de partir en lui posant une main sur l'épaule.

— Gwen. Parle-moi. S'il te plaît. Je t'aiderai.

Elle secoua la tête, et ses cheveux glissèrent comme des ficelles de soie.

— Tu ne peux pas m'aider.

Elle posa sa main sur la mienne, son corps nu si parfait que j'avais l'impression de parler à la statue d'un sculpteur. Où était ma compagne ? Ma Gwen ? Et qui était cette créature qui me regardait avec tant de résignation dans les yeux ?

— Si, je peux t'aider, si tu me dis ce que tu fais.

Je ne lui avais encore jamais parlé avec autant de douceur. Nous avions été tout feu tout flamme, pleins de répartie, à baiser jusqu'à être rassasiés.

Mais ça ? Elle, en cet instant ? Je n'y comprenais rien, et je refusais de la laisser toute seule.

Elle cligna lentement les yeux, et j'aurais juré que son esprit passait ses options en revue.

— Je vais prendre le vaisseau de la Ruche pour aller à la surface et tuer Nexus 4 avant qu'il puisse voler d'autre minerai à la Colonie.

Nexus 4 était sur la Colonie ? Du minerai ? Peu importe. D'autres personnes pouvaient se préoccuper de ce problème. Elle pouvait avertir le gouverneur et les milliers de guerriers désireux de se battre, les laisser s'en occuper. Et ils le feraient. Avec plaisir. Je me foutais d'eux, de la Ruche, ou de la colère du gouverneur. Il n'y avait qu'elle qui m'intéressait.

— Seule ? dis-je.

Elle me regarda comme si c'était moi qui avais perdu la raison.

— Bien sûr. Vous autres, vous ne pourriez jamais l'approcher d'assez près.

Son sourire était effrayant, mortel et menaçant. Pas humain.

— Il désirera ce corps, poursuivit-elle. Il ne pourra pas résister à ce que l'autre a créé.

La laisser s'approcher d'un Nexus 4, quoi que soit ce truc ? Nue ? Pour le tenter ?

— Plutôt mourir, dis-je.

— Va-t'en, Mak. Tu es libre.

Elle se dégagea de ma main et se remit à marcher. Vite.

Je lui courus après et la soulevai dans mes bras pour la serrer contre mon torse, comme je l'avais fait lorsque je l'avais portée jusqu'à mon appartement pour la lécher, la goûter et la baiser. Je voulais qu'elle se souvienne de *ça*. J'avais *besoin* qu'elle se souvienne de nous. Mais j'étais vêtu de cette foutue combinaison spatiale, alors je ne pouvais pas l'embrasser. La goûter.

Mais je pouvais la toucher, lui faire perdre la tête comme

je l'avais fait dans mon lit. Contre le mur. Oh, oui, je lui avais fait tout oublier, et j'espérais pouvoir lui faire le même effet maintenant.

— Lâche-moi, dit-elle en se débattant.

Mais pour une fois, je me servirais de toute ma force pour l'empêcher de bouger. Elle pourrait me frapper, me forcer à la combattre de toutes mes forces. Je lisais dans ses yeux qu'elle le savait, mais elle n'en fit rien. Mon cœur rata un battement. Je comptais au moins un peu à ses yeux.

— Tu devras me tuer, Gwen. Je ne te laisserai pas y aller toute seule.

Elle se figea dans mes bras, et son regard cessa d'être flou. La colère se lut dans ses yeux. Très bien, la colère, je savais gérer.

— Ce n'est pas juste, Mak. On avait un accord. Tu es censé partir. Rentrer sur Rebelle 5, retrouver Kronos. Alors, vas-y. Pars.

— Non.

Je passai ma main gantée dans sa masse de cheveux noirs et la maintins en place, en lui penchant la tête en arrière pour qu'elle n'ait d'autre choix que de me regarder, si elle ne voulait pas fermer les yeux comme une lâche. Et je savais qu'elle avait du courage à revendre.

— Et merde, dit-elle.

Ses yeux brillaient de larmes non versées, et j'eus envie de les chasser d'un baiser. Je ne voulais pas qu'elle pleure, mais je ne la lâcherais pas tant que nous ne nous serions pas mis d'accord, tant qu'elle n'aurait pas compris qu'elle avait quelqu'un à ses côtés.

— Qu'est-ce que tu fais ? dit-elle. Tu ne veux pas de compagne, tu te rappelles ? Alors va-t'en.

— Je te veux toi.

Elle secoua la tête. Elle m'entendait, mais elle ne m'écoutait pas vraiment.

— Non.

Elle leva les yeux vers mes crocs allongés, puis me regarda de nouveau dans les yeux.

— Non, Mak. Tu ne veux pas de moi. Pas pour toujours.

La morsure. Par les dieux, elle croyait que je ne voulais pas d'elle parce que je ne l'avais pas mordue comme un Hypérion l'aurait fait. Parce que je ne l'avais pas revendiquée. Son chagrin, ses larmes étaient à cause de moi.

— Ma morsure te tuerait, Gwen. Je suis à moitié Forsien. Le mélange génétique d'Hypérion et de Forsien rend ma morsure toxique pour une compagne. Il n'y a que trois hybrides comme moi dans l'univers, et le dernier mâle à avoir tenté de revendiquer une compagne n'a pas pu résister à l'instinct de la mordre. Il l'a vue mourir dans ses bras.

Elle tenta de me repousser alors que j'entendais le ronronnement de la navette de Marz et Vance, qui atterrissait non loin de là.

— C'est n'importe quoi. Tu aurais dû me le dire. Je ne suis pas ce qu'on pourrait appeler quelqu'un de normal, Mak.

Elle me montra son corps, son absence de casque. Elle prit une grande inspiration et souffla dans le brouillard tourbillonnant pour souligner ses propos.

Je lui avais dit la vérité, mais cela ne voulait pas dire que je la mordrais. Jamais.

— Pourquoi est-ce que tu peux respirer cet air ? demandai-je changeant de sujet.

Personne n'aurait dû en être capable. Même les soldats de la Ruche qu'elle avait tués portaient des casques.

— Je ne suis plus vraiment humaine, au cas où tu ne l'aurais pas remarqué.

Je la regardai des pieds à la tête, en prenant mon temps, en veillant à ce qu'elle voie le désir dans mes yeux.

— Je me fiche de la couleur de ta peau, compagne. Bleue

ou orange, rouge ou violette, ça ne change rien, pour moi. Tu es sublime. Et tu es à moi. Je ne renoncerai pas à toi.

Des bruits de pas retentirent derrière moi, mais j'ignorai les deux Prillons qui approchaient. Gwen, elle, grimaça en entendant leurs commentaires.

— Par les dieux.

— C'est quoi ce bordel ?

Les sourcils froncés, je me retournai et montrai les crocs aux deux hommes.

— Vous osez insulter ma compagne ? Éteignez vos putains d'unités de communication, grognai-je.

Je ne voulais pas que tout cela soit enregistré et montré à d'autres personnes.

Marz posa les mains sur son casque, puis leva les mains, les paumes en avant.

— C'est fait, dit-il. Et insulter ta compagne ? Non, jamais. Mais que vous est-il arrivé, Gwen ? Ça va ? Pourquoi êtes-vous bleue ? Où est votre armure ? Vous voulez qu'on appelle l'infirmerie ? On peut vous reconduire sur la Colonie, vous pourriez voir un médecin immédiatement.

— Tout va bien, dit Gwen.

Vance me contourna et poussa un petit sifflement en voyant les soldats morts qui se trouvaient non loin de là.

— C'est toi qui as fait ça, Mak.

— Non. Et tu insultes ma compagne en partant du principe que c'est mon œuvre.

— Bon sang, dit Marz.

Il rejoignit Vance et regarda autour de lui. Il se pencha pour examiner les cadavres, sans prêter attention à la nudité de Gwen. Comme si c'était une chose parfaitement habituelle en mission.

— Rappelez-moi de ne plus jamais vous énerver, Lieutenante.

L'éclat de rire de Gwen me fit un bien fou. Elle était de

nouveau elle-même. Encore mieux, elle se détendit dans mes bras et me laissa la serrer contre moi. Elle avait beau être toujours bleue, elle m'appartenait encore.

Et elle m'appartiendrait toujours.

Je la regardai dans les yeux.

— Maintenant que l'équipe est là, dis-nous quel est le plan.

— Il n'y a pas de nous, Mak.

— Bien sûr que si, dit Marz.

À présent, son ton était autoritaire. Son rang était plus élevé que les nôtres, et il ne se gênait pas pour le rappeler à Gwen.

— Parlez-moi, Lieutenante. Dites-moi exactement ce qui se passe, ici. Et pourquoi êtes-vous nue ?

Avec un soupir, je l'enveloppai du mieux possible avec mes bras. Heureusement, Marz et Vance avaient l'élégance de regarder Gwen dans les yeux, ce qui m'évitait d'avoir à leur briser le crâne.

Elle nous raconta tout ce qu'elle avait appris des soldats qu'elle avait tués, y compris la partie où elle était capable de leur parler par télépathie, ce qui était complètement dingue. J'avais vu de près les intégrations dont la Ruche l'avait dotée, mais nous apprenions seulement maintenant à quel point ils l'avaient changée. Cela dépassait l'entendement. Même les médecins n'avaient pas dû le réaliser. Elle était bleue, après tout. Quand elle eut fini, nous restâmes là en silence. Choqués.

Hébétés.

Et à l'intérieur de moi, la bête hypérionne faisait les cent pas dans sa cage, attendant son heure. Prête à tuer.

Vance était assis sur un rocher et se tapotait la cuisse avec son pistolet à ions.

— On devrait le dire au gouverneur, non ? Pour l'avertir de ce qu'on va faire, au moins ?

Ma compagne se débattit dans mes bras et je la lâchai, la laissai faire les cent pas devant nous, belle et nue, dans toute sa gloire. Elle n'avait aucune pudeur, aucune gêne, alors je m'assis et admirai ce qui m'appartenait. Quand je lui avais suggéré de se couvrir, de remettre son armure, le regard noir qu'elle m'avait lancé m'avait fait taire immédiatement.

— Elle est couverte de sang, Mak.

Le fait que Marz et Vance la voient ainsi ne me plaisait pas, mais à part si je la plaquais au sol pour la rhabiller de force — ce qui ne m'avancerait à rien avec elle —, je n'avais d'autre choix que de me résigner au fait que ces hommes avaient beau pouvoir la regarder autant qu'ils voulaient, ils ne pourraient jamais, *jamais* la toucher.

Elle était féroce, et je ne pourrais jamais la contrôler. Chaque mouvement de hanche, chaque pierre qu'elle réduisait en poussière à mains nues me le rappelaient.

Bon sang, elle était forte. Plus forte que tous les êtres que j'avais pu rencontrer. Hommes. Bêtes. Atlans ou membres de la Ruche.

Et elle s'était donnée à moi. M'avait laissé la prendre. L'emplir de ma semence. La lécher. Conquérir son corps. Elle m'avait *laissé faire*. Car si elle n'avait pas voulu de tout cela, jamais je n'aurais été capable de le faire. Elle était bien trop puissante pour cela. Et pourtant...

À *moi.*

Je mourais d'envie de la jeter sur mon épaule et de l'emmener jusqu'à un rocher assez grand pour que je puisse la pencher dessus pour la baiser. Sauvagement.

— Mak, tu es toujours avec moi ?

J'ordonnai à mon sexe d'arrêter de me tourmenter et levai la tête pour répondre à ma compagne. Le plan dont elle nous faisait part était dangereux. Mortel. Complètement fou. Et elle était prête à l'accomplir toute seule.

— Toujours, compagne.

— Bien.

Gwen tapa dans les mains et montra Marz et Vance du doigt.

— Vous deux, reconduisez les navettes à la Base 3. Trouvez Rezz. Dites-lui ce qui se passe. Seulement Rezzer. Personne d'autre. Vous avez une balise de localisation ?

— Bien sûr, dit Marz en fouillant dans ses poches pour lui jeter un petit appareil, qu'elle attrapa sans peine.

— Très bien. Donnez la fréquence de cette balise à Rezz et dites-lui de se préparer à partir. Dites-lui qu'on le retrouvera là où est la balise. Compris ?

Marz hocha la tête, même si c'était lui le plus haut gradé.

— Le seigneur de guerre Rezzer mérite de se venger de ce que le Nexus de la Ruche a tenté de faire à sa compagne et à ses enfants. Il ne viendra peut-être pas seul. D'autres seigneurs de guerre pourraient vouloir se joindre à lui.

— Contrairement à ce que dit le dicton, plus on est de fous, moins on rit, dit-elle, bien que je n'aie aucune idée de ce qu'elle voulait dire par là. Et je ne veux pas que le gouverneur découvre ce qu'on fait avant qu'il soit trop tard ? Il ne doit pas l'apprendre avant que l'opération soit finie et que je sois partie.

— Partie ? Partie où ? Vous serez bien obligée de lui répondre à un moment ou à un autre. Le Centre de Renseignements voudra vous interroger pendant des semaines, dit le capitaine Marz.

Je le laissai argumenter. Il disait exactement ce qui me passait par la tête. Autant que ce soit lui qui s'attire les foudres de ma compagne.

— Le vaisseau de la Ruche que vous voyez derrière moi est à moi. Il ne s'agit que d'une Unité Nexus, sur une planète. Il y en a au moins huit autres.

— Et tu veux toutes les pourchasser ? demandai-je.

Je connaissais la réponse, mais je posai tout de même la question. J'irais où qu'elle aille. Fin de la discussion. Si elle voulait passer le reste de sa vie à chasser la Ruche, je pourrais rester à ses côtés, à réduire autant de ces enfoirés en bouillie que possible.

Gwen se tourna vers moi, ses yeux toujours bleus, pas marron comme d'habitude. Mais sa détermination était facile à décrypter.

— Oui.

— D'accord.

Elle en resta bouche bée.

— Pas de débat ? Pas de gesticulations dignes d'un homme des cavernes ? Tu n'as pas l'intention de *m'interdire* de te quitter ? De partir en chasse ? De me mettre en danger ?

— Non, compagne. Où que tu ailles, je te suivrai. Si tu veux pourchasser et tuer mille membres de la Ruche, tu le feras, mais tu ne le feras pas seule.

— Par les dieux, vous allez la fermer, tous les deux ? Vous parlez de voler un vaisseau de la Ruche, de désobéir aux ordres du gouverneur et de jouer les loups solitaires.

Le capitaine Marz faisait les cent pas, à présent, sa frustration évidente dans son allure rapide et son échine crispée.

10

Mak

Faisant fi de l'irritation du capitaine Marz, Vance s'assit par terre, une jambe pliée, l'autre étendue devant lui. Complètement détendu.

— Une fois que le Nexus qui se trouve sur la Colonie aura été abattu, je me fiche de savoir où vous irez tous les deux, surtout avec cette histoire de... truc bleu. Marz a raison, ils ne vous laisseront jamais partir comme ça. Mais on est tout d'accord pour dire que la menace contre la Colonie doit être réglée avant tout. Et je pense qu'on devrait envahir les grottes avec le plus de guerriers possible.

Gwen secouait déjà la tête avant que Vance ait fini sa phrase.

— Ce n'est pas une bataille normale. C'est une Unité Nexus. Il sent tous les esprits en approche. Il saura qu'on arrive. Si on est trop, il s'enfuira et se cachera à nouveau. Il faut que j'y aille seule, que je le rende vulnérable, pour qu'on l'abatte une bonne fois pour toutes. Quand on l'aura eu, Rezzer pourra intervenir et faire ce qu'il voudra. Je le laisserai faire, parce que je sais que ce qu'il a vécu avec cette Unité Nexus le ronge toujours de l'intérieur. Mais je ne veux pas que le gouverneur l'apprenne. Jamais.

— C'est une trahison, dit le capitaine Marz avant de s'éclaircir la gorge. Passible de la peine de mort.

Gwen baissa les yeux sur son corps bleu, puis nous regarda à nouveau.

— Si le Centre de Renseignements découvre ce que je représente pour la Ruche, découvre que j'ai plus d'intégrations qu'ils ne le croyaient, que les Unités Nexus sont prêtes à sortir de leur cachette pour me poursuivre, pour me revendiquer...

Gwen marqua une pause en entendant le grognement qui montait dans ma gorge, mais elle se détourna aussi vite qu'elle s'était tournée vers moi, consciente que j'étais capable de me reprendre. Non, elle exigeait que je me reprenne.

— Ils me garderont en cage, Marz. C'est pour ça que je suis nue, pour vous montrer ce que je suis vraiment, ce qu'ils m'ont vraiment fait subir. Je ne suis pas normale. Je ne suis même pas normale pour un habitant de la Colonie. Je leur servirai de cobaye, dans le meilleur des cas, et d'arme dans le pire des cas. Je n'y survivrai pas. Vous m'avez vue devenir folle, quand j'étais coincée sur la planète. Je ne suis pas seulement contaminée. Je suis autre chose. Je suis l'une d'entre eux. Pas un robot ou un soldat. Ils m'ont transformée en Nexus. Je suis brisée à jamais. Anormale. Au début, je pensais pouvoir partir en mission et tuer les membres de la Ruche, être heureuse. Mais ce n'était pas réaliste. Je ne pourrai pas cacher qui je suis, désormais. *Ce* que je suis. Je n'ai même plus d'endroit où aller. Quand j'aurai abattu Nexus 4 et que le gouverneur apprendra la vérité, je serai obligée de m'enfuir. Et vous deux, vous devez faire le serment de ne jamais révéler ce que vous avez vu aujourd'hui. Vous ne devez dire la vérité sur moi à personne. Vous comprenez ?

Marz arrêta de faire les cent pas et se tourna vers elle.

— Vous voulez tuer les membres de la Ruche qui se trouvent ici, puis nous quitter pour aller les pourchasser toute seule ? demanda-t-il en secouant la tête. Vous avez beau être la femme la plus forte que j'aie jamais rencontrée, vous restez une femme. Toutes les cellules de mon corps me hurlent de vous protéger, pas de vous envoyer au combat. Ça ne me plaît pas.

— Ça n'a pas besoin de vous plaire. Je ne vous demande pas la permission, Marz. Je vous informe.

La menace était là, tout comme le fait qu'elle n'hésiterait pas à se montrer violente si nécessaire.

— Elle ne sera pas seule, dis-je. Elle est à moi.

Marz nous regarda l'un après l'autre, puis leva la tête pour inspecter les étoiles.

— Puissent les dieux avoir pitié de nous. On me jettera en prison, à cause de cette histoire.

— Pas s'ils ne savent pas ce qui s'est passé, intervint Vance. Rezzer ne dira rien. On demandera à Braun et lui de corroborer notre version des faits. On est revenus sur la Colonie, une intuition nous disait d'aller faire un tour dans les grottes, et on a eu un coup de chance, dit Vance en jetant un regard à ma compagne, la femme pour laquelle j'étais prêt à mourir. On leur dira que vous êtes morte là-haut, en affrontant la Ruche. Que vous êtes morts tous les deux.

Marz semblait sur le point de protester, mais il croisa le regard de Vance et hocha lentement la tête.

— Tant que nous détruisons l'Unité Nexus et que nous empêchons la cargaison de minerai de quitter la Colonie. Si nous échouons, notre marché ne tient plus. Soit on les arrête, soit on demande à tous les guerriers de la planète de nous aider à les éliminer.

— Très bien. Ça marche, dit Gwen, pour elle comme pour moi. Mais je suis la seule à pouvoir l'approcher d'assez près pour le tuer.

Elle nous montra le vaisseau de la Ruche dont nous apercevions les contours non loin de là. Sa drôle de configuration apparaissait et disparaissait à cause du brouillard qui tourbillonnait autour de nous.

— Une fois que Nexus 4 sera mort, reprit-elle, je prendrai leur vaisseau, avec leurs codes de vol, et j'irai les pourchasser pour en tuer le plus possible.

Je connaissais Braun. Rezzer. Tane. Je connaissais les quelques Atlans que comptait cette planète, et aucun d'entre eux ne refuserait ce combat, quitte à devoir garder le silence et désobéir à des ordres. Il restait Marz et Vance. En tant que Prillons, ils étaient moins prévisibles. Le gouverneur était également Prillon, et c'était un bon leader. Mais pour Gwen et pour Rezzer, c'était personnel. Je le comprenais à présent, et j'aiderais ma compagne comme je le pourrais, car tuer les Nexus était le seul moyen de la garder en sécurité.

— Rezzer ne voudra pas rater ce combat, confirmai-je. Et il ne viendra pas seul. Accepter ou décliner la présence d'autres seigneurs de guerre est son droit. C'est la bête en lui qui doit décider. Mais ce sera à toi, Marz, de t'assurer qu'il comprenne ce qui est en jeu et qu'il n'en dise pas un mot.

— Ou qu'il reste en dehors de tout ça, ajouta Gwen. Je peux très bien tuer Nexus 4 toute seule. Je suis prête à le faire pour lui, pour CJ et pour les jumeaux. C'est tout.

Je retins mon souffle alors que Marz prenait sa décision. Vance était son second, et je savais que l'autre guerrier prillon respecterait le choix de Marz, quel qu'il soit.

Il hocha la tête une fois.

— Très bien. J'accepte de garder le secret. *Pour l'instant.* Mais s'ils voient que vous êtes bleue... Et bien, je pense que le secret n'en sera plus un. Vous ne pouvez plus reprendre votre couleur d'avant ?

— Si. J'ai une maîtrise totale de mes intégrations, dit-elle alors que la couleur bleue se mettait à s'estomper, laissant la place à sa peau caramel, ses yeux marron et ses cheveux noirs.

Marz et Vance eurent le bon goût de détourner les yeux.

— Bon. Très bien. Mais il y a trop de choses en jeu, dit Marz. Ces informations sur les Unités Nexus pourraient tout changer dans cette guerre.

Il avait raison, mais je jetai un regard à Gwen pour voir si elle était d'accord.

— J'ai déjà dit la vérité au Centre de Renseignements sur les Nexus et sur la nature des relations qu'ils entretiennent. Le seul secret, c'est moi, Marz. Je ne veux pas servir de cobaye, ou d'appât. Je peux tout changer à cette guerre toute seule, si vous me laissez faire.

Elle haussa négligemment les épaules, et je ne pus que me délecter de la façon dont ses seins se soulevèrent à ce geste. Je jetai un regard aux deux autres, prêt à leur arracher les yeux s'ils l'admiraient. S'ils avaient vu ce mouvement, ils ne laissèrent rien paraître, leurs têtes toujours détournées comme des hommes honorables. Heureusement.

— Alors, on est d'accord ? dit Gwen.

— Non, je ne suis pas d'accord, dit Marz. Maxime aussi mérite de se venger. Le traître Krael sera sûrement avec cette unité Nexus. Il a assassiné mon second, Perro. Il a failli tuer le gouverneur et a assassiné un humain, le capitaine Miller. Ça ne me plaît pas, mais je vais accepter... si vous nous indiquez où se trouve le traître, au gouverneur et à moi.

Marz tendit la main à Vance pour l'aider à se lever.

— Je suis d'accord avec lui, dit Vance. Je n'avais pas les idées claires, jusqu'à maintenant. Rezzer n'est pas le seul guerrier de la planète à mériter de se venger.

Gwen sourit et s'inclina légèrement.

— Vous êtes un sacré négociateur, Marz, mais il se trouve que le vaisseau de livraison et le Nexus ne sont pas dans le même réseau de grottes.

Elle se dirigea vers Marz et lui tendit sa main droite, à la façon des humains quand ils finalisaient un marché.

Gwen reprit :

— J'*offrirai* les coordonnées du minerai volé au gouverneur, pour un certain prix.

— Quel prix ? demanda Marz, l'air renfrogné.

— C'est entre lui et moi. On a un accord ?

— Vous êtes une femme étonnante. Et oui, on a un accord.

Marz plaça sa main gantée dans celle de Gwen pour la serrer, et leurs bras s'agitèrent de haut en bas pour suivre le rituel humain. Marz ne faisait pas attention à moi, ce qui m'allait très bien. Il lâcha la main de Gwen et s'adressa à Vance :

— Toi, va chercher la navette de Mak et Gwen. Dis à la Base qu'il y a eu une bataille et que nous avons perdu la trace de Mak et de la lieutenante.

Il se tourna vers moi et ajouta :

— Comme le casque de ta compagne et son traceur sont déjà à terre, tu vas devoir te débarrasser des tiens, toi aussi, avant de quitter la surface de la lune. Il faut que le gouverneur croie que vous avez été capturés par la Ruche. Ça devrait nous faire gagner assez de temps pour que vous vous mettiez en position.

— D'accord, dis-je.

C'était malin. J'étais incapable de réfléchir, en cet instant. Le fait d'avoir failli perdre Gwen et de la voir se tenir si fière et nue parmi nous me donnait une érection et me serrait le cœur.

— Très bien. Je m'assurerai de prendre des vidéos des

soldats morts et des scènes de lutte. Vance m'aidera à charger les corps. Je suis sûr que ces guerriers ont des familles qui voudront savoir ce qui leur est arrivé. On les emmènera sur la Colonie pour qu'ils soient pris en charge. Vous deux, disparaissez.

Il regarda Gwen et ajouta :

— Vous avez mon code de communication privé ?

— Bien sûr.

— Servez-vous-en quand vous serez prête à faire part de votre marché au gouverneur. De combien de temps est-ce que je dispose pour recruter Rezzer et les autres seigneurs de guerre atlans ?

Gwen inclina la tête et regarda les étoiles à son tour.

— Je vais vous donner deux heures pour les conduire à l'entrée des grottes. Pas une minute de plus. Prenez une navette, et dirigez-vous au nord de la Base 3. À environ cent vingt kilomètres de là se trouve l'entrée des grottes de glace.

— Si près que ça ? demanda Vance en pâlissant sous son casque.

Gwen ne fit pas attention à lui et poursuivit :

— Et dites à Rezzer que si je n'aimais pas autant CJ, je me contenterais de tuer cet enfoiré de Nexus 4 et de lui livrer sa tête sur un plateau.

— Le seigneur de guerre Rezzer vous sera très reconnaissant de vous être abstenue, dit Vance avec un petit sourire au coin des lèvres.

— Ah bon ? Et bien, on aura qu'à dire qu'il doit mille massages et deux mille orgasmes à CJ pour me remercier.

Marz s'étouffa en entendant ses mots. Vance s'esclaffa. Je regardai ma compagne guerrière et souris. Deux mille orgasmes ? Cela pourrait prendre des années, mais j'étais prêt à relever le défi. Après tout, je refusais de laisser un Atlan prendre mieux soin de sa compagne que moi. Je n'avais pas encore eu assez de temps pour cela. L'éternité, ça m'irait très bien.

Comme si elle lisait dans mes pensées, elle se tourna vers moi.

— Si c'est vraiment ce que tu veux, il faut y aller, Mak.

Elle agita la main d'un air absent pour dire au revoir à Marz et Vance tout en s'éloignant.

— J'activerai la balise avec les coordonnées exactes quand je serai prête pour que Rezz et ses potes se joignent à la partie.

Marz protesta, mais Gwen l'ignora, et je fus incapable de détourner les yeux de ses fesses qui ondulaient et de ses cheveux noirs et soyeux qui lui tombaient dans le dos alors que je la suivais jusqu'au vaisseau vide de la Ruche.

C'était notre vaisseau, à présent. Et je comprenais désormais que Gwen n'avait aucune intention d'y renoncer. Pas quand la guerre serait finie, ni quand toutes les unités Nexus seraient mortes. Je m'étais trompé en croyant qu'elle se contenterait de petites missions pour la Colonie. En pensant qu'avoir un si petit rôle à jouer la satisferait. J'avais eu tort. Je comprenais qu'elle avait eu raison. Elle voulait pourchasser la Ruche, la détruire, mais elle ne pouvait pas le faire en suivant les règles du gouverneur. Les données qu'elle avait réunies feraient d'elle une arme de choix pour la Coalition.

Une *chose*, pas une personne.

Elle aussi, elle devait s'enfuir. Tant qu'elle me laisserait me battre à ses côtés, je me fichais du vaisseau sur lequel nous vivrions. Ou de la couleur que Gwen aurait lorsque nous irions nous coucher le soir.

— Vous avez l'intention d'aller combattre la Ruche tout nus, tous les deux ? nous lança Vance.

— Bien sûr que non, répondit Gwen du tac au tac. Ils ont

des unités S-Gen sur tous les vaisseaux. On fabriquera notre équipement nous-mêmes.

Les générateurs de matière spontanés étaient courants sur tous les vaisseaux de la Flotte de la Coalition. Sur les planètes développées, tous les foyers en possédaient un. Ces machines pouvaient fabriquer de tout, des armes aux vêtements en passant par la nourriture et les objets personnels, grâce à une énergie quantique recyclée pour former d'autres molécules. Si la Ruche possédait des unités S-Gen, nous ne manquerions de rien.

Gwen disparut en haut de la rampe du vaisseau, et je la suivis. Je poussai un soupir de soulagement quand elle ferma la porte et emplit la petite pièce d'air respirable.

Dès que cela fut possible, je retirai mon casque et j'attirai Gwen contre moi pour lui donner un baiser.

Par les dieux, elle était magnifique, quelle que soit sa couleur.

— Enlève ce fichu uniforme et jette-le, Mak. Il faut qu'ils croient que tu as été capturé. Pendant un moment, en tout cas.

— Tu es en train de me dire de me mettre tout nu, femme ?

— Oui, Mak. En effet.

— Tant mieux. Ce sera plus facile de te baiser après t'avoir fessée.

11

Gwen, surface de la lune de la Colonie, à bord du vaisseau de la Ruche.

— Quoi ?

— Tu m'as très bien entendu, répondit-il.

— Tu vas me donner une fessée ? Pourquoi ?

Cet homme était fou s'il croyait pouvoir me toucher — de cette façon-là, en tout cas. Pour ce qui était de coucher ensemble, j'étais partante.

— Parce que tu t'es mise en danger. Parce que tu n'as rien écouté de ce que je t'ai dit. Parce que tu as abattu *neuf* soldats de la Ruche toute seule.

La façon qu'il eut de dire *neuf* me poussa à faire un pas en arrière. Son visage était rouge, les tendons de son cou étaient crispés. Ses crocs étaient sortis. Oui, il était furieux.

— Mais je ne voulais pas que tu sois blessé. Tu n'es pas capable de les écouter, de savoir ce qu'ils pensent. De les tuer.

Il s'approcha.

— Tu me crois faible, compagne ?

Je secouai la tête et déglutis. L'intensité dans son visage alors qu'il enlevait ses bottes et se déshabillait me rendait nerveuse.

— Non. Bien sûr que non.

— Tu as fait ce que tu pensais nécessaire. Je ne peux pas revenir en arrière pour changer tout ça. Mais je peux te dissuader de recommencer.

Avant que je puisse me retourner pour m'enfuir — non qu'il y ait un endroit où se réfugier sur ce minuscule vaisseau —, il me jeta sur son épaule. Sa main s'abattit sur mes fesses alors qu'il m'emmenait... quelque part. Comme j'étais à l'envers, les yeux tournés sur ses fesses fermes et nues, j'étais un peu distraite.

En plus, la tape qu'il m'avait donnée me brûlait la peau. Sa main était énorme !

— Tu ne te jetteras pas dans la bataille toute seule, c'est bien compris, compagne ? C'est mon droit et mon privilège de te protéger. Je ne peux pas le faire si tu me laisses en arrière.

Il me laissa tomber sur le lit et je le regardai se mettre les mains sur les hanches. Il se tenait comme un guerrier, avec ses muscles nerveux, sa stature impressionnante et son sexe magnifique. J'avais blessé son ego en m'enfuyant et en m'occupant de la Ruche toute seule. J'étais capable de me débrouiller sans lui. C'était ce que j'avais fait. Je lui avais montré que je n'étais pas faible. Mais le lui prouver n'avait fait que le blesser. Pas seulement émotionnellement, en le mettant en colère, mais aussi profondément, dans ses gênes. Il était conçu pour protéger les femmes. Les chérir. Les sauver du danger. Et je lui avais retiré cette compétence.

À présent, il reprenait le contrôle. Et me donner la fessée lui prouverait qu'il en était capable, que j'étais avec lui, en sécurité, et qu'il avait de nouveau le contrôle sur moi.

Enfin, ça, c'était ce qu'il croyait. Mais je pouvais le laisser y croire. Le laisser revenir sur un pied d'égalité. Savoir que je pouvais avoir cet effet-là sur lui était entêtant, puissant. Savoir que je pouvais presque le mettre à genoux était intense.

Je posai mes pieds sur le lit et les écartais pour le laisser m'admirer. Me voir tout entière.

— Je suis désolée, Mak. Mais tu sais bien que je peux prendre soin de moi. Je te l'ai prouvé, aujourd'hui.

— Et s'il y avait eu cinquante soldats ? Cent ? Et s'ils avaient des armes évoluées ? Non. Hors de question que tu te battes seule. Plus maintenant.

Il me dévorait ses yeux, son sexe tendu vers moi. Énorme. Impatient. Je connaissais ce sexe, savais qu'il m'étirerait. Dur. Sauvage. Seigneur, je voulais qu'il soit sauvage.

— Viens là, Mak.

Il secoua la tête, ses yeux braqués comme un laser sur mon sexe.

— Tu veux que je donne la fessée à ta chatte ? demanda-t-il.

Je refermai immédiatement les genoux.

— Quoi ? Non !

— Alors, roule sur le ventre et présente-moi tes fesses.

Je devais bien admettre — intérieurement, hors de question que je le dise à Mak — que son côté autoritaire au lit m'excitait. Je ne voulais pas qu'il me donne la fessée entre les jambes, mais je voulais qu'il continue à me dire des mots cochons. Et qu'il abatte sa main sur mes fesses ne me dérangeait pas non plus.

Alors je roulai sur le ventre, puis je me mis à quatre pattes, cambrée afin d'avoir les fesses en l'air.

— Ah, compagne. J'adore voir l'empreinte de ma main sur tes fesses. Il faut que j'en ajoute.

Il me fessa à nouveau. Je poussai un sifflement en

sentant la brûlure sur ma peau, mais je penchai la tête et inspectai son gland humide par le V formé par mes jambes, admirai la façon dont il tressautait dès que j'émettais un son. Pour tester le pouvoir que j'avais sur lui, je reculai pour m'approcher de lui, en m'assurant qu'il puisse voir mon sexe mouillé. Sa fessée chauffait, mais ne me faisait pas mal. Pas vraiment. Pas assez pour contrecarrer l'excitation que me soumettre à lui provoquait chez moi.

Toute ma vie, je m'étais battue. J'avais résisté. Chez moi, d'abord, puis dans l'armée et dans l'équipe de reconnaissance de la Coalition. Sans compter les moments où j'avais été torturée par la Ruche. Arriver sur la Colonie ne m'avait offert aucun répit, car dès que j'étais arrivée, les hommes s'étaient mis à se battre pour moi. À me suivre. À tenter de me séduire. De gagner mes faveurs. De me revendiquer.

Mais j'avais choisi Mak. Je *voulais* qu'il me touche, qu'il pose les mains sur mon corps. Je voulais qu'il s'en fasse pour moi. Et en cet instant, il tremblait d'une émotion que je n'osais pas nommer, alors même qu'il me fessait. Qu'il faisait brûler ma peau et battre mon cœur d'amour, de désir et de confiance. Je n'avais jamais fait confiance à personne autant qu'à Makarios de Kronos, le rebelle, le contrebandier, le criminel. Parce qu'il était *à moi*.

— Ce ne sera pas une fessée complète, parce qu'on n'a pas le temps. Je veux être enfoncé en toi dans moins de deux minutes. Mais tu connaîtras la sensation de ma main, tu sauras ce qui t'attend si tu décides de t'enfuir à nouveau pour combattre la Ruche toute seule.

Une autre claque sur mes fesses.

— Compris ?

— Oui, Monsieur, soufflai-je.

La chaleur s'étendait sur ma peau et se transformait en quelque chose de différent, de... primitif. Un homme des cavernes qui revendiquait sa compagne. Bon, ce n'était pas vraiment une revendication, mais ça serait une bonne partie de jambes en l'air. J'étais plus que prête. J'étais persuadée qu'il voyait à quel point j'étais mouillée, presque dégoulinante pour lui.

— Ah, j'aime le son de ton obéissance.

Je le regardai par-dessus mon épaule et réalisai que tout cela lui plaisait beaucoup. Il ne se maîtrisait pas autant que je l'avais cru. Son visage était tendu, mais son regard était brûlant. Tout dans son corps traduisait la puissance. Même son sexe, qui jaillissait entre ses boucles brunes, pulsait. Du liquide pré-séminal s'écoulait de son gland qui était impatient de m'avoir.

— S'il te plaît, susurrai-je en espérant qu'il me pénétrerait sans attendre.

J'en avais besoin. L'adrénaline commençait à s'estomper, et j'en avais besoin. J'avais besoin de me défouler, de me sentir réelle. Humaine. Vivante. Et j'avais besoin de Mak.

Il s'approcha du lit, me passa un bras autour de la taille pour me soulever complètement. Son sexe effleura mon entrejambe, et il se mit en position, avant de s'enfoncer en moi d'un seul coup.

Empalée, je poussai une exclamation et me cambrai. Il ne me donna pas le temps de m'ajuster à sa taille énorme. Il prenait. Contrôlait. Dominait. Il me repoussait et me collait à lui comme si j'étais aussi légère qu'une plume. Il me baisait. M'emplissait. La partie inférieure de mon corps était en l'air, et je ne maîtrisais plus rien, pouvais seulement prendre ce qu'il me donnait.

Avec un gémissement, il accéléra le rythme, me leva les épaules de sa main droite et me caressa les seins alors qu'il me serrait contre son torse. Ma tête retomba contre son épaule. Lorsque je me laissai aller contre lui, il se retourna pour nous emmener jusqu'au mur froid et lisse. Il plaqua mon corps au mur et me passa les deux mains sous les cuisses pour m'écarter les jambes et me baiser de toutes ses forces.

Il continua de me prendre ainsi, nos corps entremêlés. Brutalement. Sauvagement.

Le son de nos chairs qui se heurtaient résonna dans la petite pièce. L'odeur du sexe emplit l'air. Mon sexe se contractait autour de lui, incapable de s'ajuster. Mes fesses sensibles n'avaient aucun répit alors que ses hanches les heurtaient encore et encore.

— Tu vas jouir, compagne.

L'idée de jouir simplement parce qu'il me le demandait aurait été risible. Avant. J'avais été presque incapable de jouir avec les hommes, pas sans me toucher le clitoris. Surtout dans cette position. Mais j'avais été préparée, pas seulement par ma bataille avec la Ruche, mais aussi par ma bataille avec Mak, pour savoir qui aurait le contrôle. Le pouvoir. Qui dominerait qui.

Hors de ces murs, j'étais puissante, mais là, en cet instant, alors qu'il me pénétrait profondément, sans fatiguer, qu'il m'emplissait de sa semence, c'était lui qui commandait. Son grognement alors qu'il jouissait en était la preuve.

Et j'étais sur le point de me donner à lui. De lui laisser le contrôle, d'arrêter de lutter. Quoi qu'il veuille me donner, je le prendrais. Quoi qu'il me demande, je le donnerais. Tout. Alors, je jouis. Mon cri résonna contre les murs et libéra quelque chose en moi, dans mon cœur.

Seigneur, je voulais Mak. Pour toujours. Même si pour cela, je devais me soumettre à lui. Parce qu'en fin de compte, c'était moi qui recevais le plus grand des cadeaux.

J'oubliai tout sauf lui. La Ruche, le gouverneur, la Colonie. Nexus 4 et même ma peau bleue, la torture et la douleur. La guerre. J'oubliai tout ce qui se trouvait en dehors de cette pièce, car tout ce qui importait, c'était Mak.

Gwen, Vaisseau de la Ruche, Chambre d'Intégration

— Viens là, Mak.

Je l'attrapai par la main et le fis passer par une porte qui menait à une mini infirmerie de la Ruche.

La Coalition les appelait des Stations d'Intégration, car c'était là que les nouveaux spécimens biologiques de la Ruche recevaient leurs intégrations. C'était un terme très diplomatique pour décrire ce que les planètes de la Coalition voyaient comme des salles de torture, et ce que la Ruche voyait comme des stations médicales.

Mak s'arrêta sur le seuil.

— Je ne rentrerai pas là-dedans.

— Oh, mais si. J'ai un plan.

Il me laissa le traîner dans la pièce sans lutter, et je lui en fus reconnaissante.

— Ça, c'est *notre* nouvelle infirmerie, sur *notre* nouveau vaisseau, alors tu ferais mieux de t'y faire.

— Je m'en servirai si nécessaire, répondit-il d'un ton sinistre. Sinon, je ne mettrai jamais les pieds dans cette pièce.

— Comme tu voudras, dis-je.

Je le lâchai et fouillai dans plusieurs placards jusqu'à trouver ce que je cherchais. Avec un sourire joyeux, je rejoignis mon compagnon et lui présentai un petit tube à essai en verre.

— Mords le sommet du tube.

— Quoi ?

— Mords-le. Place l'un de tes crocs dans l'ouverture et injectes-y un peu de venin. Je veux l'analyser.

Il recula en secouant la tête. Seigneur, il était gigantesque. Et sexy. Et tellement canon que j'avais envie de lui arracher son armure et de lui sauter dessus à nouveau.

Grâce à l'unité S-Gen qui se trouvait à bord, nous étions tous les deux vêtus d'une armure de combat. La sienne était à motifs camouflages, assortie à celles de la Flotte de la Coalition. Et moi ? Je portais également une armure, mais elle était d'un bleu vif et profond, ses motifs assortis aux dégradés de couleur de ma peau. Mak ne voulait pas que je retourne me battre sans armure, et ainsi, je pourrais tenter le Nexus en suggérant ce qui se cachait sous mes vêtements. S'il me regardait à la va-vite, il risquait même de ne pas se rendre compte que je portais une armure, qu'il ne s'agissait pas de ma peau naturelle.

Mais après tout, qu'est-ce qui était naturel, pour un monstre ?

— Gwen, ma morsure est mortelle. Je n'ai aucune raison de faire ça.

— Fais-moi plaisir.

Je me dirigeai vers lui d'un pas lent et me blottis contre lui, les lèvres pressées contre son torse, car vu ma taille, c'était ce que je pouvais atteindre de plus haut quand il portait ses bottes.

— Allez, s'il te plaît, sois gentil mon bichon.

Son corps tout entier trembla, et je sus que j'avais gagné.

— Je ne sais pas ce qu'est un bichon, mais tu me revaudras ça avec ta chatte.

En riant, je portai le tube à essai à sa bouche, en tentant de ne pas montrer à quel point ses mots cochons m'affectaient.

— On fera l'Andromaque quand tu voudras, Mak.

Il m'attrapa par les poignets alors que j'allais appuyer le tube contre son croc.

— C'est quoi, l'Andromaque ?

Je lui souris et m'assurai d'explorer les muscles de ses fesses de ma main libre.

— Je serais à califourchon sur toi.
— Comme la première fois ?
— Oui.

Un grondement lui monta dans la poitrine.

— Oui. Dès qu'on aura terminé la mission.
— Je suis d'accord.
— Je voudrais aussi que tu fasses l'Andromaque sur mes lèvres, compagne. Je te goûterai à nouveau avant que tu jouisses, et je veux faire ça pendant que tu me chevaucheras le visage.
— Ça marche.

Comme si j'allais dire non.

J'insérai son croc dans le tube et attendis quelques secondes que le venin goutte au fond. Quand j'eus obtenu quelques gouttes du liquide nacré, je reculai et donnai une tape sur les fesses de Mak, aussi fort que j'osais le faire, puis je décampai jusqu'à la station d'analyse. Je glissai son venin dans l'un des ports et me surpris à fredonner. Heureuse. J'étais sur le point de partir en guerre contre une espèce maléfique qui combattait la Coalition depuis des siècles... et j'étais heureuse.

Les données me parvinrent immédiatement, et l'écran me confirma ce qu'avait dit Mak. Son venin était empoisonné. Mais l'écran me demanda également si je voulais qu'il fabrique un antidote, et je pressai le bouton pour répondre oui.

Le vaisseau n'aurait qu'à mettre au point l'antidote pendant que nous nous chargerions de quelques petits problèmes sur la Colonie. Et ensuite ? J'en prendrais une dose, le chevaucherais et insérerais les crocs de Mak dans mon épaule moi-même s'il le fallait. Il était à moi. S'il ne me quittait pas, qu'il ne regagnait pas Rebelle 5 et Kronos, il avait intérêt à me revendiquer correctement.

Fin. De. La. Discussion.

Mak me regardait, les bras croisés, visiblement loin d'être ravi. Mais il ne tenta pas de m'arrêter. C'était l'une des choses que j'aimais chez lui. Il me laissait être moi-même.

Quand la machine eut commencé sa tâche, je me tournai vers Mak avec un sourire et me jetai dans ses bras en souriant. Il me rattrapa, bien sûr. Je savais qu'il le ferait.

— Embrasse-moi, Mak. Embrasse-moi, et allons tuer les monstres.

— Si ça peut te faire plaisir, femme.

Je lui souris et lui caressai la joue.

— C'est toi qui me fais plaisir, Mak.

Il se figea et me regarda dans les yeux comme si je l'avais surpris. Avant de me mettre à pleurnicher ou à lui dire des *je t'aime* et d'autres mièvreries, je l'embrassai. Avec force. De tout mon être, en lui disant sans un mot ce qu'il représentait pour moi. Car à vrai dire, je n'étais pas certaine de pouvoir abattre Nexus 4. Les Unités Nexus étaient puissantes. Rusées. Maléfiques. Sans la moindre conscience ni morale. Leurs esprits étaient si forts que le fait que j'aie pu leur échapper la première fois avait été un miracle. Et voilà que j'y retournais. De mon plein gré.

Mais j'allais essayer. J'étais plus forte, à présent. Beaucoup plus forte. Et en plus, j'avais Mak.

J'interrompis notre baiser et tournai les talons pour me diriger vers le cockpit et le siège de copilote avant qu'il ne puisse dire quoi que ce soit. J'étais une bonne pilote, mais il était exceptionnel, et j'étais trop fière pour admettre qu'il était bien meilleur que moi.

— Gwen, dit-il, mais je ne m'arrêtai pas et ne me retournai pas.

— Allez, Mak. On n'a qu'un quart d'heure pour descendre sur la Colonie.

Je ne voulais pas entendre de mots d'amour, de dévotion, ou le mot compagne. Ce n'était pas le moment. Je voulais affronter cette bataille en ayant l'impression de n'avoir rien à perdre. J'avais besoin d'être complètement concentrée sur la tâche à accomplir : tuer Nexus 4.

J'avais besoin de protéger Makarios.

12

Gwen, Vaisseau de la Ruche, La Colonie, Entrée des Grottes au Nord de la Base 3

Je me penchai sur le tableau de commande et posai ma paume à plat sur l'écran. Être en partie machine était étrange. J'étais capable de communiquer avec le vaisseau de la Ruche *sans parler*. Il lisait dans mes pensées, ce qui était flippant, mais très pratique.

La première chose que j'avais faite, quand je l'avais allumé, c'était de reprogrammer les protocoles de sécurité du vaisseau et de les mettre au plus haut niveau. Personne d'autre que moi, Mak ou un Nexus ne pouvait changer les réglages de ce vaisseau. Et pour ce faire, le Nexus aurait été obligé d'être présent à bord. Le vaisseau était à nous, à Mak et à moi, sauf si une Unité Nexus trouvait le moyen de bondir à bord et de s'emparer des manettes. J'avais l'impression d'être Han Solo sur le Faucon Millénium. Mais cela voulait dire que Mak était Chewbacca, et il avait beau avoir la même taille, la comparaison s'arrêtait là.

Peut-être que Mac était Han Solo et que j'étais la princesse Leia. Et le Nexus était Dark Vador.

Ouais, pas tout à fait. Mais aucun Nexus ne monterait sur ce vaisseau. Pas moyen.

Si cela arrivait, cela voudrait dire que nous avions merdé quelque part, et que nous étions foutus, alors je ne m'en fis pas trop. Tant qu'aucun sous-fifre de la Ruche ne pouvait monter à bord, tout allait bien. Et avec ces nouveaux réglages, le vaisseau refuserait d'allumer le contact pour qui que ce soit d'autre.

— Voilà, Mak, ce bébé est à nous.

Je lui expliquai ce que j'avais fait en me frottant les mains. Le vaisseau de la Ruche était petit, conçu pour accueillir un groupe de moins de dix-huit personnes sur de courtes périodes. Mais pour nous deux seulement, il était très grand. Trois chambres à coucher, une unité S-Gen complète, et une salle à manger avec huit chaises. Comme la Ruche travaillait sans doute par quarts, cela signifiait qu'ils alternaient les heures des repas. Les membres de la Ruche étaient presque comme des robots.

— Notre bébé a besoin d'un nom.

Ma voix émit un trémolo en prononçant le mot *bébé*, et j'eus envie de me gifler d'avoir été aussi stupide. Mak le remarqua. *Évidemment*, qu'il le remarquait.

— Qu'est-ce qui ne va pas, compagne ? Qu'est-ce qui te rend triste ?

Bon, je n'avais d'autre choix que de me montrer sincère, maintenant.

— Je ne sais pas pourquoi j'y pense, là, mais je ne sais pas si je peux avoir des enfants, Mak. Je ne sais pas si c'est ce que tu veux, mais je ne sais pas si je suis capable d'en avoir. Ni même si j'en ai envie. Je ne peux pas te promettre de bébés. Je ne peux pas te donner ça. Je ne peux pas...

Il posa une main sur la mienne.

— C'est toi que je veux, femme. Je me battrai pour toi, mourrai pour toi, tuerai pour toi. Si tu choisis d'avoir des enfants, je ressentirai la même chose pour eux, parce qu'ils seront à nous. Sinon, je me contenterai de te fesser dès que tu penseras des bêtises et cela, pendant le restant de nos jours. Je n'ai pas besoin d'avoir des enfants pour être heureux.

— Bon, d'accord.

Il parlait comme s'il donnait un cours d'histoire. Des faits, rien que des faits, d'une voix dépassionnée et sincère. Et en un instant, je pus respirer à nouveau. J'ignorais pourquoi j'avais ressenti le besoin de lui parler de bébés, mais je me sentais mieux.

— D'accord. C'est parti, dis-je.

Je me penchai et appuyai sur la balise de localisation qui annoncerait à Rezzer et aux autres Atlans qu'il était temps de se joindre à nous. Nous avions atterri sans difficulté sur la Colonie avec la permission du gouverneur. Nous attendions simplement les autres pour lancer les opérations. Pour régler cette histoire de minerai, et nous tirer de cette planète pour toujours.

Dès que la balise sonna, je plaçai une main sur le tableau de commande du vaisseau et me connectai au canal de communication privé du capitaine Marz. Son visage apparut sur le petit écran sous mes yeux, et je m'émerveillai en constatant à quel point la technologie de la Ruche était similaire à celle de la Coalition.

— Marz, vous m'entendez ?

— Oui. Maxime et Ryston sont également avec moi.

— Gouverneur, dis-je.

— Non. Je suis Maxime Rone. Compagnon principal de Rachel, et nous voulons que justice soit rendue pour le traître Krael. Je ne suis pas gouverneur, là. Cette conversation n'a jamais eu lieu, Gwen.

Je hochai la tête.

— Très bien. Alors le Centre de Renseignements n'apprendra jamais que vous m'avez donné les codes de vol de la Coalition en échange d'informations sur la localisation du traître prillon Krael Gerton ainsi que celle d'une cargaison de minerai dont le départ est prévu dans moins d'une heure.

Le gouverneur— non, Maxime — me grogna dessus, les yeux presque rougeoyants tant il était agacé.

— Vous êtes une femme difficile.

— Et nous savons tous les deux que vous me donnerez les codes. Il me les faut si je veux pouvoir traverser l'espace de la Coalition sans craindre d'être attaquée. Je suis capable de trouver les autres Unités Nexus, Maxime. Si vous me donnez les codes, je vous fournirai les informations dont vous avez besoin pour sauver la Colonie, le système de transport, avoir l'avantage dans cette guerre, et accomplir la vengeance dont vous rêvez contre Krael. Tout le monde est gagnant.

Derrière lui, j'entendis une autre voix, moins calme. Pleine de colère.

Ryston.

— Accepte. Laisse-la pourchasser ces enfoirés. Prenons soin des nôtres. Pense à Rachel et à notre fils.

Leur petit garçon était magnifique, et il n'avait que quelques mois. Les deux guerriers fondaient dès que le bébé était placé dans leurs bras.

Maxime plissa les yeux, et il hocha la tête en direction de quelqu'un qui n'apparaissait pas à l'écran. Quelques instants plus tard, plus d'une dizaine de codes de vol apparurent dans la base de données de notre vaisseau, ainsi que dans ma tête. Ils étaient trop précieux pour être laissés là. Ces codes me permettraient de me déplacer dans l'espace contrôlé par la Coalition sans incident. Les codes de la Ruche qui se trouvaient dans ce vaisseau me permettraient également de pénétrer sur le territoire de la Ruche, si besoin. Et j'étais persuadée que grâce aux relations que Mak entretenait avec Rebelle 5, nous parviendrions à obtenir tout ce qu'il nous faudrait pour nous faufiler dans les systèmes solaires comme un vaisseau fantôme.

— Merci, Maxime. Et bonne chasse, dis-je en coupant la communication tout en lui envoyant les coordonnées exactes et les plans des mines où se trouvait le chargement de minerai. J'inclus le nombre de soldats de la Ruche présents et leurs emplacements, ainsi que l'heure de décollage du vaisseau plein de minerai.

Il avait moins d'une heure pour accomplir sa tâche, mais j'étais convaincue qu'il y arriverait.

J'adressai un signe de tête à Mak et le regardai mettre le vaisseau en veille alors que nous saisissions tous deux nos armes, que nous laissions notre Faucon Millénium derrière nous et que nous nous dirigions vers la grotte.

Cinq minutes plus tard, nous arrivions à l'entrée du réseau de grottes et retrouvions le seigneur de guerre, mais aussi Braun, Tane, le Chasseur everien, Kiel, l'humain aux yeux argentés, Denzel, et un autre seigneur de guerre massif que je n'avais encore jamais vu. Il était aussi grand que Mak, et il n'était même pas en mode bestial.

Je le regardai de la tête aux pieds, et il me sourit.

— Je suis le seigneur de guerre Bryck, le gouverneur de la Base 2.

Je haussai les sourcils.

— De la Base 2 ? Alors que faites-vous ici ?

— Je suis là parce que Krael a assassiné un homme bien, le capitaine Brooks, de la Terre. Il a pollué notre planète tout entière avec du Quell, une substance chimique qui nous vole nos esprits. Je suis là pour venger tous les soldats perdus à cause de sa trahison.

Ouah. Il était à fond.

— Vous êtes au mauvais endroit, dis-je. Krael se trouve à des kilomètres de là, dans une autre grotte. Je peux vous donner les coordonnées, si vous voulez. Vous pourrez peut-être vous y téléporter à temps pour la bataille.

— Qui va se battre ?

Je regardai Mak, sans savoir ce que je devrais ou ne devrais pas dire. Si Maxime n'était pas dans son rôle de gouverneur en cet instant, voudrait-il que j'informe un autre gouverneur qu'il se trouvait dans cette grotte ? Je ne savais pas comment marchait la politique. Mak était un homme, un guerrier, et il était sur la Colonie depuis plus longtemps que moi. Beaucoup plus longtemps.

— Maxime et Ryston veulent se venger des assassinats du traître, ainsi que de l'attaque qu'il a menée contre leur compagne, dit Mak. Mes autres guerriers prillons les accompagnent pour éliminer Krael.

L'énorme gouverneur atlan me regarda à nouveau et demanda :

— C'est votre opération ?

— Oui.

— Alors je vous demande la permission de rester ici avec mes frères atlans. Je fais confiance aux Prillons pour qu'ils se débarrassent de Krael.

Je n'en doutais pas non plus.

— D'accord. C'est parti.

Je me tournai vers les six guerriers, plus Mak. Je n'avais encore jamais eu autant de renforts. La vache. Ils étaient tous gigantesques, et Rezzer était déjà à moitié en mode bestial, le visage allongé, prêt à tuer Nexus 4. Mais une attaque frontale ne fonctionnerait pas. Pas cette fois.

— J'entre. Laissez-moi exactement deux minutes, et ensuite, venez et donnez votre maximum.

— Non, dit Mak avant que qui que ce soit puisse prendre la parole.

Je me tournai vers lui.

— Il faut que je m'approche, que je lui fasse du mal avant que vous arriviez, sinon il vous tuera tous jusqu'au dernier. Il est fort, Mak. Plus fort que moi. On n'aura pas le dessus.

— Combien de membres de la Ruche est-ce qu'il a avec lui ? demanda Kiel, le Chasseur everien.

La lueur calculatrice dans ses yeux ne trahissait pas la moindre pointe de nervosité ou de peur. J'avais entendu dire qu'il courait si vite qu'il était impossible de le traquer à l'œil nu.

J'aurais bien aimé voir ça.

— Mes informations les plus récentes disent qu'il y en a douze. Mais elles datent d'il y a deux heures, alors ça a pu changer.

— Il sait que vous arrivez ? demanda Bryck.

— Oui. Il est au courant. Et comme j'ai tué neuf soldats sur la lune, il n'est pas très content de moi.

— Quoi ? dit Braun en regardant Mak, comme s'il était responsable du nombre de victimes.

Mak haussa un sourcil et me regarda comme pour dire : *Tu vois ? Je ne suis pas le seul. Tu méritais ta fessée, femme.*

— Laissez tomber, dis-je en agitant la main comme si tuer neufs soldats n'avait rien d'impressionnant. L'Unité Nexus est bleue. Bleu foncé. Comme ça.

Sous leurs yeux à tous, je changeai mon visage, mon cou et mes mains pour qu'ils prennent la même teinte bleue que mon armure, convaincue que le Nexus se rendrait compte que j'étais proche. Mais il fallait qu'ils me voient et qu'ils comprennent.

— Regardez-moi, ordonnai-je à Braun.

Il obéit. Il me regarda droit dans les yeux, et je me servis du pouvoir télépathique dont m'avait dotée la Ruche pour le retenir dans mon esprit, pour l'y coincer quelques secondes, pour lui donner envie de rester. Quand je le relâchai, il tituba en arrière en poussant un juron.

— Merde, marmonna-t-il en secouant la tête comme si cela pouvait lui permettre d'effacer ce qui venait de se produire.

— Si vous le regardez dans les yeux, il vous contrôlera. Vous tueriez vos propres compagnes pour son compte, et vous seriez ravis de le faire. Le Nexus n'est pas un simple robot de la Ruche. Alors, attendez deux minutes, puis suivez-moi et tuez tout ce qui bouge, mais laissez-nous le Nexus, à Mak et à moi. Et quoi qu'il arrive, ne le regardez jamais dans les yeux.

Les hommes avaient tous les yeux braqués sur moi, sur mon visage bleu, mes cheveux noirs et mes yeux de requin. Je savais parfaitement à quoi je ressemblais. À un cauchemar. Non, à un *monstre* sorti de leurs pires cauchemars.

Braun s'avança et me regarda durant de longues secondes avant de se laisser tomber sur un genou et de s'incliner devant moi comme l'avaient fait les soldats de la Ruche.

— Vous êtes la guerrière la plus courageuse que j'aie jamais vue, Gwendoline de la Terre. Vous êtes une femme honorable. Je voue ma vie à vous protéger.

— Non, je ne...

Je n'eus pas l'occasion de terminer ma phrase. Ils s'agenouillèrent tous, y compris Mak.

Il leva les yeux vers moi.

— Commande-nous, compagne. Nous sommes à toi.

J'étais perplexe. Déboussolée. Honorée.

Je pris une grande inspiration et acceptai leur salut, en tentant de ne pas avoir le cœur serré. C'était impossible. Surtout alors que Mak me regardait avec ses grands yeux bruns comme si j'étais le soleil et les étoiles, comme si j'étais tout pour lui.

— Très bien. J'y vais. Donnez-moi deux minutes. Deux minutes *entières*. Ensuite, venez vous battre.

Incapable de me retenir, je me penchai et embrassai Mak sur les lèvres.

— Reste en vie.

C'était un ordre. S'il se faisait tuer, je le pourchasserais dans l'autre monde et je le tuerais à nouveau.

Avant qu'il ne puisse argumenter, je disparus, en me servant de ma vitesse Nexus pour courir dans les grottes plus vite qu'un humain, qu'une bête ou même qu'un Chasseur everien. Je n'avais jamais fait la course avec Kiel, mais j'étais convaincue que j'aurais réussi à le battre.

Un simple mortel n'aurait pas réussi à me voir. Je n'étais pas floue. J'étais une bourrasque. Partie avant même qu'on puisse réaliser que j'étais passée par là.

Mais les membres de la Ruche n'étaient pas humains. Plus maintenant. Leurs implants me traquaient sur mon passage, mais aucun d'entre eux ne tenta de m'arrêter.

J'étais un Nexus. Convoqué par Nexus 4. Attendue.

L'une des leurs.

J'entendais le bourdonnement impatient qui montait dans la grotte à mon arrivée. Ils avaient beau être des membres de la Ruche, au fond, ils restaient des créatures émotives. Ils connaissaient toujours la peur, l'adrénaline, l'angoisse.

Je les entendais me parler dans ma tête, parler de moi, mais je les ignorai tous. Je souris tout de même lorsque l'on me rappela de nouveau la colère que Nexus 4 éprouvait contre moi à cause de l'assassinat de ses soldats sur la lune, mais j'ignorais cela aussi pour me diriger vers le centre du bruit que j'avais dans la tête, le trou noir de silence dans l'œil du cyclone. Nexus 4 n'émettait rien. C'était une zone morte, une noirceur si profonde que plonger dans son esprit était comme dégringoler dans un puits sans fond. Sans issue. Sans parois. Rien qui puisse servir de référence. Rien que *lui*.

Et son esprit était froid. Glacial.

Ce froid m'étreignait, à présent, et mon corps tout entier réagit instinctivement, mes implants réverbérèrent son appel. Mon corps était comme une corde de guitare, et il venait de jouer un accord. Mes parties originaires de la Ruche, et il y en avait beaucoup, se mirent à fredonner grâce à cette énergie. Vivantes.

J'avais l'impression qu'un million d'araignées minuscules me rampaient sous la peau. Dans mes cellules, qui semblaient se réorganiser pour lui ressembler à lui, plutôt qu'à Nexus 2.

Les Nexus étaient vaniteux. Nexus 4 ne voudrait pas d'une femme qui ressemblait à son rival, à celui qui m'avait façonnée, Nexus 2.

Je m'arrêtai net, à moins de trois mètres de lui. Mais pas parce que je voulais m'arrêter. Non. Il m'y obligeait, prenait le contrôle de toutes les petites parties qui lui appartenaient à l'intérieur de moi.

Et je détestais sa capacité à me manipuler comme une marionnette. Je le détestais avec une force et une véhémence dont je n'aurais jamais été capable avant Mak. Je savais la gravité de la violation que ce monstre m'infligeait avec son influence. Je savais ce que c'était d'être aimée par un compagnon, d'être libre et d'être désirée telle que j'étais. Je savais ce qu'était la *bonté*.

Mais j'avais un rôle à jouer. Je ne tentai pas de dissimuler ma haine. Ma colère avait amusé Nexus 2, lui avait donné l'impression d'être plus puissant. Je comptais sur le fait que Nexus 4 n'était pas différent.

— Où est Nexus 2 ?

Sa voix était grave, hypnotique, et ses mots me flottèrent dans les oreilles pour se loger immédiatement dans mon esprit. Je regardais mes pieds, sans oser lever les yeux, pas même jusqu'à sa taille ou sa poitrine. C'était trop risqué.

Instantanément, sans réfléchir, je lui dis la vérité :

— Je ne sais pas. Je l'ai laissé.

Son rire ressemblait plus à un sifflement qu'à un gloussement. Si les cobras avaient pu rire, ils auraient sans doute produit ce son.

— Alors, on ne joue plus, hein ? Vous ne parlez plus au pluriel ?

— J'ai abandonné Nexus 2. Il est faible. Prétentieux. Je suis venue ici pour vous trouver. J'espérais que vous seriez plus puissant que Nexus 2. Moins facile à vaincre. Mais j'ai perdu espoir. Vos soldats étaient trop faciles à trouver. Et encore plus faciles à tuer.

Il se dirigea vers moi, et je luttai contre son désir de me voir m'agenouiller. Mon combat ne dura qu'une fraction de seconde alors qu'il sentait ma résistance et poussait plus fort. J'atterris sur les genoux avec tant de force que je me serais cassé les rotules, si j'étais toujours humaine.

— Vos provocations ne m'amusent pas, femme. C'étaient mes soldats. Mes atouts. Vous me le revaudrez dix fois.

— Seulement si je reste.

Il était proche, à présent, si proche que mon nez se trouvait à quelques centimètres de sa cuisse, sa grande main bleue assez visible pour que j'aperçoive le liquide noir répugnant qui lui coulait dans les veines. Je n'arrivais pas à le voir comme un homme. J'en étais incapable.

Lorsque sa main se dirigea vers ma gorge, je frappai. Vite et fort. Le plus violemment possible. La lame cachée dans ma manche me glissa dans la paume, et je la dirigeai vers son torse.

Mais il était plus rapide. Il évita le coup, et mon poignard rata son cœur de plusieurs centimètres.

Merde. Merde. Merde.

Deux minutes ne s'étaient-elles pas déjà écoulées ?

Où était Mak ? Combien de temps mettrait-il à arriver ?

Nexus 4 ignora la lame qui lui sortait de l'abdomen comme s'il s'était agi d'un simple cure-dents. Il me passa une main autour de la gorge et me souleva par la mâchoire, avant de se diriger vers un coin de la grotte pour me plaquer contre la paroi. Il avait un contrôle total sur mon corps. Je ne pouvais pas lutter. Pas le frapper.

Mais je pouvais fermer les yeux. Et je le fis. Je serrai les paupières. Il pourrait me tuer, mais il ne pourrait pas me posséder. Pas encore.

— Je sens votre peur, femme. Une telle émotion est inutile. Elle vous paralyse.

Sa voix était apaisante. Calme. Si rassurante.

Je luttai contre cette illusion.

— Allez vous faire foutre.

— Vous pensez vraiment que les guerriers atlans qui traversent les grottes vous sauveront ?

Je ne dis pas un mot. Son rire sifflant me donnait envie de hurler, alors c'est ce que je fis. Le son résonna dans la grotte, rebondissant sur les parois de pierre, le cri d'un animal blessé, plein de colère, de terreur et de détermination, prêt à se battre jusqu'à la mort.

— Bravo, dit-il. Maintenant, vous avez mis l'Hypérion en colère. Mmm, pas seulement hypérion. Autre chose, d'intéressant et de rare. J'avais espéré ne pas le tuer. J'ai un accord avec Cerbère, mais certaines choses sont inévitables.

— Vous êtes un psychopathe, dis-je.

— Je suis efficace, l'humaine. Et bientôt, vous vous en apercevrez.

J'entendis les autres soldats de la Ruche s'approcher, un de chaque côté de moi. Je ne fus pas surprise lorsqu'ils m'ouvrirent les paupières de force. Je tentai de lutter, mais Nexus 4 m'empêchait de bouger avec facilité.

Mon plan était foutu, et si je survivais, Mak et moi allions devoir revoir notre stratégie pour nous débarrasser des autres Nexus.

— Vous croyez pouvoir tous nous pourchasser ? Ça alors, comme vous êtes ambitieuse, dit Nexus 4 en avançant. Les enfants que vous mettrez au monde seront impitoyables.

Il semblait satisfait. Et alors que je me noyais dans son regard, dans le désir et la solitude que j'y lisais, je commençais à être satisfaite, moi aussi. Nexus 4 avait besoin de moi. Il me protégerait toujours. Il était seul, et moi seule pourrais lui faire plaisir, le compléter.

J'étais perdue, et je parvenais à peine à respirer. Non. Mak. Lui aussi, il avait besoin de moi. Makarios. J'avais besoin de lui. Il avait besoin de moi. Quelque chose clochait. Nexus 4 était entré dans mon esprit.

Le rugissement de rage de Mak retentit dans la grotte alors que le Nexus me sifflait dessus.

— Nexus 2 vous a faite forte. Une erreur critique. Vous serez éliminée.

— Allez vous faire foutre.

Il resserra sa prise jusqu'à ce que je voie des étoiles, mais il fut déconcentré. J'avais repris le contrôle de mes jambes, alors je m'en servis. Je lui donnai des coups de pieds dans les genoux, les cuisses, partout où je pouvais l'atteindre. J'attrapai le couteau planté dans son abdomen à l'aveuglette, et le fis tourner dans sa plaie. L'enfonçai davantage. Tentai de l'incliner vers le haut, là où je voulais le planter. Pour l'éliminer.

*M*ᴀᴋ

L'Unité Nexus plaquait ma compagne contre le mur. Il avait la main autour du cou de Gwen alors que deux soldats lui ouvraient les paupières.

Je compris qu'elle était perdue. Son corps devint tout mou, comme si elle s'était détendue dans son étreinte. Sous son contrôle.

Hors de question.

Un rugissement de défi m'échappa. J'allais tuer cette créature. Lui arracher la tête des épaules. La démembrer. Le rouer de coups jusqu'à ce que ses entrailles se transforment en bouillie.

Autour de moi, les Atlans étaient en mode bestial alors qu'ils déchiquetaient les soldats de la Ruche. Qu'ils leur arrachaient les bras et les jambes. Qu'ils leur brisaient la nuque et jetaient leurs corps contre les murs. Je m'étais bien battu, et j'étais couvert de sang de la tête aux pieds. Mais je ne prêtais pas attention aux combats qui se déroulaient autour de moi, je restai concentré sur une seule chose : ma compagne.

Gwen.

À moi.

Et il lui faisait du mal. Lui disait qu'elle était trop forte, qu'il allait l'éliminer.

— Allez vous faire foutre.

Le ton plein de défi de Gwen me ravit. Elle était toujours là-dedans, à se battre.

Je courus alors qu'elle le rouait de coups de pied. J'entendis le Nexus pousser un hurlement de colère alors qu'elle saisit le couteau qui lui sortait du ventre.

Le poignard le blessait, mais ne suffirait pas à l'anéantir.

Il allait la tuer.

— À moi ! cria ma bête hypérionne, pas moi.

Je ne devins pas plus grand ou plus massif, comme les Atlans. Mais mes crocs sortirent, et mes griffes aussi, plus longues et plus acérées que jamais. Elles étaient larges comme des lames, tranchantes comme des rasoirs, et elles dégoulinaient du venin typique de mon espèce. Un seul coup de griffes, et cet enfoiré se viderait de son sang. Elles n'étaient encore jamais sorties de mes doigts, mais après tout, c'était aussi la première fois que j'avais une compagne en danger de mort.

Je m'en servirais contre le Nexus si je ne lui arrachais pas d'abord la gorge avec mes dents.

Il devait avoir réalisé que le véritable danger se trouvait derrière lui, car il laissa tomber Gwen par terre et se tourna vers moi avec un grognement bien à lui.

Gwen m'avait recommandé de ne pas le regarder dans les yeux, mais aucun être vivant ne serait capable de détourner une bête hypérionne de sa compagne. Aucun.

Je plongeai les yeux dans le regard de la créature bleue, mon corps et mon grognement pleins de défi. Je plongeai dans ces profondeurs noires et ne ressentis... que de la colère. Et l'envie irrépressible de tuer.

— Gwen est à moi.

C'était ma bête qui parlait, mais l'homme en moi était d'accord. À moi.

— J'aimerais autant ne pas avoir à vous tuer, dit Nexus 4. Je n'ai pas envie de rompre l'accord que j'ai passé avec Rebelle 5.

Je fendis l'air de mes griffes.

— Vous mentez. Je vais vous égorger.

Derrière lui, Gwen se leva sur la pointe des pieds et me regarda. Je la voyais du coin de l'œil, mais je ne voulais pas quitter la véritable menace du regard, le Nexus qui se trouvait devant moi. Il était grand, presque autant que moi. Bleu foncé de la tête aux pieds. Sur lui, cela semblait naturel. La seule chose vraiment bizarre chez lui, c'étaient les longues bandes de peau qui lui partaient de la base du crâne pour lui tomber dans le dos, comme les branches d'un arbre.

Je fis la supposition que ce devait être là que ses organes de contrôle mental se trouvaient. Ce qui voulait dire que je devais les réduire en miettes.

— Il a passé un marché avec Cerbère, me dit Gwen. C'est ce qu'il m'a dit, tout à l'heure.

— Cerbère ne parle pas pour Rebelle 5, dis-je d'une voix sombre et mortelle alors que j'affrontais l'enfoiré du regard.

— Vous faites partie de la légion Cerbère ? me demanda le Nexus.

— Jamais de la vie.

— Alors je peux vous tuer sans conséquence.

Il se déplaça à la vitesse de l'éclair et visa ma tête. L'instinct me sauva. Je levai les mains, et mes griffes trouvèrent sa poitrine alors que je le poussais sur le côté. Il retrouva immédiatement l'équilibre et nous nous tournâmes autour. Je ne le quittai pas des yeux une seule fois.

— Attention ! hurla Gwen pour me prévenir que Nexus allait bouger.

Je le savais déjà.

Je l'attrapai une nouvelle fois avec mes griffes et le mordis de toutes mes forces à l'épaule. Je tirai et lui arrachai un morceau d'épaule alors qu'il hurlait de douleur. Ce son était délicieux. Le goût de son sang rendait ma bête complètement dingue. Du sang. Ce n'était que du sang. Noir comme la nuit, mais du sang similaire à des milliards d'autres.

Le Nexus se tordit pour essayer d'échapper à mes griffes,

mais elles étaient profondément enfoncées, et je refusais de le lâcher.

Incapable de se libérer, il passa les jambes autour de moi et serra. Mes côtes craquèrent avec une douleur lancinante. Je ne pouvais plus respirer.

Je refusais de le lâcher.

— Mak !

J'entendis le cri de Gwen, mais je ne la vis pas bouger avant qu'elle se trouve sur le dos du Nexus, à tirer sur ses drôles d'appendices.

Le Nexus cria et quelque chose en lui, craqua et se déboîta. J'ignorais s'il s'agissait d'un bruit d'os ou de métal.

Avec un cri de guerrière, Gwen arracha complètement l'organe et le jeta à l'autre bout de la pièce. Elle sauta du dos du Nexus et j'enfonçai mes griffes plus profondément, jusqu'à ce que je sente le cœur de la créature battre contre mes doigts. Je mis le Nexus à genoux, comme il l'avait fait à ma compagne, et je regardai Gwen droit dans les yeux avec un regard interrogateur.

Elle me rendit mon regard et secoua lentement la tête.

— Il faut le laisser à Rezzer.

Oui. Rezzer. Cette créature avait tenté de tuer la compagne de l'Atlan, de détruire leurs jumeaux à naître. Il méritait d'obtenir justice.

— Rezzer, lançais-je.

Ce n'était pas nécessaire. Il se tenait à moins de trois mètres de là, il attendait.

Il était en mode bestial. Couvert de sang de la tête aux pieds, il semblait sortir tout droit d'un champ de bataille. Mais c'était bien le cas, après tout. Comme nous tous.

Gwen regarda Rezzer, puis Braun, qui avait repris sa forme atlanne normale et était capable de faire des phrases complètes.

— Ils sont tous morts ? demanda-t-elle.

— Tous, dit Rezzer d'une voix rauque en tournant autour de Nexus 4, savourant ce moment.

Braun s'éclaircit la gorge.

— J'ai eu des nouvelles de Maxime. Leur mission est accomplie. Ils ont réussi à tous les tuer. C'est fini.

— C'est bien, dit Gwen en me posant une main sur l'épaule avec un sourire presque maléfique. Laissons Rezzer tuer le Nexus, et allons-y. On a fini, toi et moi. J'ai besoin d'une douche.

Et d'une bonne fessée. Puis elle s'assiérait sur mon visage et je la ferais jouir jusqu'à ce qu'elle s'évanouisse.

Imaginer ma compagne toute nue précipita ma décision. En quelques secondes, les griffes dont je venais de découvrir l'existence se rétractèrent, et je jetai l'Unité Nexus ensanglantée en direction de Rezzer.

Je ne regardai pas en arrière. Je ne voulais pas voir ce que les Atlans lui feraient. Je m'en fichais. Les tortures qu'ils lui infligeraient seraient plus que méritées.

Mais je doutais qu'il tienne le coup très longtemps. Rezzer n'était pas d'humeur à jouer avec la créature. Il voulait tuer. Tout comme j'en avais eu envie en voyant les mains de l'ennemi autour du cou de ma compagne.

Elle glissa sa main couverte de sang dans la mienne, et je m'y accrochai. Le sang disparaîtrait, mais elle était à moi. L'affection que je voyais briller dans ses yeux était à moi. Et si j'avais le temps de lui donner deux mille orgasmes, cette affection se transformerait peut-être en amour.

Je voulais qu'elle m'aime. Pas seulement qu'elle désire mon corps ou la jouissance qu'il lui apportait. Elle avait vu la noirceur qui m'habitait, à présent, savait pour ma morsure. Et elle ne s'enfuyait pas, mais me conduisait plutôt à notre vaisseau.

Lorsqu'elle passa sa main autour de mon bras et me

demanda de la porter, mon cœur bondit dans ma poitrine. Je la soulevai dans mes bras et la serrai contre mon cœur.

— Toujours, compagne. C'est un plaisir de te porter.

Elle poussa un soupir et se blottit contre moi.

— Qui aurait pu croire que tu te transformerais en beau parleur ?

13

Mak, Espace

J'étais dans l'espace. Putain, c'était agréable. Je me sentais enfin libre, entouré par la noirceur sans fin que j'apercevais par la vitre du cockpit. Pas de secteurs, pas d'unités de combat. Seulement un univers à découvrir. C'était une sensation familière, ce besoin d'être aux commandes de ma vie, de mon destin, mais ça faisait un bon moment que je ne l'avais pas connue. Il s'était passé tellement de choses depuis que j'avais été dénoncé, depuis que le traître — qui venait de Cerbère, je le savais, désormais— avait détruit tout ce que j'avais construit. M'avait ruiné. Avait mené à ma capture, d'abord par la Coalition, puis par la Ruche. À ma lutte pour survivre. À ma fuite. Aux jours sans fin sur la Colonie. Tout avait été sa faute.

Et à présent, je devais remercier ce traître, car c'était grâce à tout ça que j'avais rencontré Gwen. Toutes ces souffrances avaient valu le coup.

J'avais prévu de pourchasser ce traître, de regagner

Rebelle 5 et de me venger. Mais désormais, je pouvais me contenter d'avertir Kronos et de laisser la légion s'occuper de ça. J'avais mieux à faire. Comme garder ma compagne en vie.

Je jetai un regard vers le siège de copilote et réalisai que mon destin était bien différent de celui que j'avais envisagé. Ma vie était avec Gwen. Je l'admirai alors qu'elle observait le vide intersidéral d'un air émerveillé, elle était en paix. Avec ses longs cheveux tirés en arrière, ses joues tachées de terre et de sang, son armure couverte de saleté et les traces de larmes sur le tissu bleu, elle n'avait jamais été plus belle.

Et elle était complètement à moi. Enfin, presque. Je ne l'avais pas encore officiellement revendiquée, mais sinon, je la possédais corps et âme.

Et je lui appartenais en retour. Je n'en voulais pas d'autre. J'avais besoin d'elle, de ma moitié. Mes pensées étaient dignes de celles d'un poète forsien, mais je ne pouvais pas m'en empêcher.

Le gouverneur avait dit qu'il s'était transformé en paillasson, et j'étais comme lui. C'était un terme terrien que Rachel lui avait appris, et qui voulait dire qu'il était complètement envoûté par sa compagne. Plus faible, plus petite qu'eux et impuissante sur la Colonie, c'était pourtant elle qui avait le pouvoir sur ses deux compagnons prillons.

C'était pareil pour Gwen. C'était elle qui commandait. Je ne pouvais rien lui refuser. Mais elle n'était pas faible physiquement. Elle n'avait pas besoin de moi pour survivre, pour assurer sa sécurité. Elle se débrouillait toute seule, et pourtant, elle voulait que je l'accompagne dans cette aventure pour... qui sait ?

— Quoi ? me demanda-t-elle en surprenant mon regard.

Je souris. Un vrai sourire.

— Rien. On a tout l'univers à explorer. Ensemble.

Elle retroussa les lèvres.

— Quoi ? demandai-je à mon tour.

— Tu sais comment mettre ce truc en pilote automatique ? dit-elle en regardant le tableau de bord.

— Bien sûr.

— J'ai beau vouloir voir l'univers tout entier, ça peut attendre un peu.

Je haussai un sourcil.

— Qu'est-ce que tu as en tête ?

Mon sexe se contracta à l'idée qu'elle me grimpe sur les genoux et qu'elle me chevauche. Je ne l'avais pas encore baisée dans toutes les pièces, mais c'était quelque chose que je me plairais à faire.

Je défis mon harnais de mes doigts agiles. Les sangles tombèrent de chaque côté de mon corps.

— Je suis tout à toi, dis-je.

Et j'étais sincère.

Elle sourit, et j'aurais juré que le soleil s'était levé autour de la ceinture d'astéroïdes. Elle se détacha et se leva, les mains en l'air.

— Viens.

Je fronçai les sourcils.

— Mais, tu ne veux pas...

Elle me prit par les poignets et me traîna derrière elle, hors du cockpit et le long du couloir central. Ce n'est qu'une fois dans la pièce du milieu qu'elle s'arrêta.

— Oh, si, j'en ai envie. Mais baiser ne me suffit pas. J'ai pris l'antidote qu'a fabriqué l'unité d'analyse.

— Quoi ?

J'avais déjà une érection, mes bourses impatientes de l'emplir à nouveau. Je ne l'avais pas pénétrée depuis trop longtemps.

— Je ne te satisfais pas ? demandai-je. Si tu veux que je me mette à genoux et que je te lèche, je peux le faire sans problème. Tu peux me dire ce que tu désires sans être gênée.

Ses joues prirent une teinte rose charmante — même après tout ce que nous avions fait ensemble —, et elle secoua la tête.

— Tu ne veux pas que je te lèche ?

Elle rit et se couvrit le visage des mains.

— Ce n'est pas ça. Bien sûr que si, tu me satisfais. Tu le sais très bien, Monsieur Ego Débordant. J'adore ça, et tu peux me lécher quand tu veux.

— Alors qu'est-ce que tu veux ? Je te ferais plaisir de toutes les façons que tu souhaites.

— Alors, revendique-moi.

Ces trois mots me firent oublier mon désir. Je revins à la réalité comme si je m'étais pris un seau d'eau froide sur la tête.

— Je peux tout te donner, sauf ça, dis-je. Je refuse de mettre ta vie en danger.

— Je te l'ai dit, j'ai pris l'antidote. Tout va bien.

L'antidote. Oui, elle avait bien parlé d'un antidote, mais la seule chose que j'avais retenue, c'était que je ne lui donnais pas tout ce qu'elle voulait. À présent, alors que je la regardais croiser les bras sur la poitrine, je tentais de ne pas remarquer la façon dont ses seins se soulevaient, même sous son armure. Bon sang, j'adorais ses seins, mais il fallait que je me concentre sur ce qu'elle avait dit.

— Quand est-ce que tu as pris cet... antidote ?

— Je l'avais oublié, avec la bataille, mais je l'ai pris dès qu'on est revenus à bord. Comme je te l'ai dit, j'en veux plus, compagnon.

— On ne sait pas si l'antidote est efficace ou non. C'est une unité médicale de la Ruche qui nous donne ces réponses, et je ne lui fais pas confiance.

Elle était trop précieuse pour que je la mette en danger.

Je pouvais parfaitement coucher avec elle sans la mordre. Le plaisir que nous pourrions partager pendant toute notre vie, même sans mes crocs, me suffisait.

— Tu ne veux pas me revendiquer ? demanda-t-elle.

Ses yeux étaient pleins de doute, et je détestais cela. Je parcourus la distance qui nous séparait et pris son visage dans mes mains.

— De tout mon être, dis-je.

À ces mots, mes crocs sortirent, la preuve tangible de mon désir de la faire mienne une bonne fois pour toutes.

— Alors, mords-moi.

Je fis un pas en arrière.

— Non. C'est trop dangereux.

Elle rit, mais c'était un son plein de tristesse. Je n'aimais pas la chagriner, mais je préférais me disputer avec elle plutôt que de risquer sa mort.

— Quoi ? Tu me trouves faible ? dit-elle en posant les mains sur les hanches.

Heureusement, ses doutes étaient remplacés par la colère. Je ne voulais pas qu'elle doute de sa perfection.

— Je...

— Qui a balancé les Prillons dans l'arène comme des poupées de chiffon ?

— Toi, admis-je en me rappelant la scène à laquelle j'avais assisté depuis les gradins.

— Qui a détruit neuf Soldats de la Ruche à elle seule avant que toi ou mes autres baby-sitters arriviez ?

— L'Unité Nexus a failli te tuer.

Je posai les yeux sur son bras, sur le trou dans son pantalon, sur le tissu déchiré et brûlé. Elle avait lutté dans cette grotte, avait lutté pour sa survie, et j'étais fier d'elle. Mais je refusais de lui faire du mal.

— J'ai marché librement sur la lune, j'ai respiré le

brouillard d'acide. Mes poumons guérissaient plus vite qu'ils étaient endommagés.

— Mais quand même...

Elle avait raison. Au fond, je savais qu'elle disait la vérité. Mais mes instincts protecteurs refusaient de la mettre en danger.

Elle retira son uniforme, exposant ses épaules, me donnant un aperçu alléchant de sa peau pâle. Pas de sang, pas de blessure. Elle était parfaitement indemne.

Je poussai un grognement, incapable de détourner les yeux de sa peau douce, d'ignorer son odeur qui m'emplissait la tête et mon sexe qui se gorgeait de sang.

Elle leva la main et me poussa. Je reculai d'un pas, soudain conscient de sa force.

— Je ne suis pas faible. Je ne suis pas fragile. Tu ne me tueras pas, parce que dès que tu me mordras, je guérirai. Je ne me viderai pas de mon sang. Je ne mourrai pas.

— C'est du poison ! m'écriai-je en me passant les doigts dans les cheveux.

Je l'attrapai par les bras et la soulevai pour qu'elle me regarde dans les yeux. Nos souffles se mêlèrent.

— Je suis venimeux pour toi.

Je la laissai fouiller dans sa poche de pantalon et en sortir quelque chose.

— Non. Je peux te le prouver, dit-elle en brandissant une seringue.

— Qu'est-ce que c'est ? demandai-je.

— Une preuve.

Elle se planta l'aiguille dans la cuisse et j'entendis le bruit de la seringue.

— Je me suis servi du sérum qui restait pour en fabriquer une dose plus importante.

Je la laissai retomber, hébété.

— Quoi ?

— Je me suis injecté au moins trois fois la dose de ce que ta morsure dispenserait à mon organisme.

Je me laissai tomber à genoux et lui attrapai la cuisse, tirai sur son pantalon et le déchirai.

— Non ! Bon sang, non, Gwen. Qu'est-ce que tu as fait ?

Je lui pris la seringue des mains et la jetai à travers la pièce, où elle s'écrasa sur le sol en faisant sursauter Gwen.

Mes mains se glissèrent sur son corps musclé, sa chair ferme, ses implants argentés. Être capturé et torturé par la Ruche était plus facile à vivre que ce moment. J'avais l'impression qu'elle m'avait arraché le cœur, qu'elle le tenait dans la paume de sa main, et qu'elle le jetait par terre pour le piétiner. Je ne pouvais pas la regarder mourir. Pas maintenant, pas après tout ce que nous avions surmonté. *Jamais.*

Elle me passa les mains dans les cheveux et les caressa pour tenter de m'apaiser.

— Tout va bien. Je vais bien.

Je levai les yeux vers elle et grondai :

— Non ! Ça ne va pas du tout ! Bon sang, femme, tu vas mourir. Le venin est...

— ... détruit.

Je n'arrivais pas à reprendre mon souffle tant la panique était forte. Intense.

— Mak. Mak. MAK !

Gwen ne cessait de répéter mon nom, mais ce n'est que quand elle me prit la main et me tordit un doigt que je réagis.

— Putain ! m'exclamai-je, et elle me lâcha.

— Le venin n'a pas d'effet sur moi, grâce à l'antidote, mais aussi parce que je suppose que grâce à la Ruche, je guéris vite. Il n'a pas le temps d'atteindre mon organisme pour m'infliger des dégâts. Je ne vais pas mourir. Je ne suis pas *normale,* Mak. Je ne suis pas humaine. Plus maintenant.

Je pris une inspiration, puis une autre. Elle ne semblait pas être affectée par le venin. Elle n'avait pas de mal à respirer, n'avait pas les lèvres bleues. Elle n'était pas prise de convulsion. N'avait pas les yeux injectés de sang. Son cœur ne s'était pas arrêté.

J'assimilai enfin ses mots. L'injection n'avait eu aucun effet sur elle. Elle n'avait occasionné aucun changement. Rien. Elle allait bien.

Je me passai une main sur le visage.

— Bon sang, Gwen. Ton cœur ne s'est pas arrêté, mais je te jure que le mien, si.

Elle sourit.

— Tu peux me revendiquer maintenant.

— Te revendiquer maintenant ?

J'étais toujours à genoux devant elle. Je finis de la déshabiller, et elle me laissa faire. Quand elle fut complètement nue, je me levai et la soulevai par-dessus mon épaule pour la porter jusqu'à l'une des chambres.

— Maintenant, je vais te donner une fessée.

— Quoi ? dit-elle d'une voix aiguë alors que je la jetais sur le grand lit.

Oh, oui. Ma compagne, en un seul morceau et seule avec moi à bord de notre propre vaisseau. Nous avions tout le temps devant nous. Et je n'avais plus aucune raison de ne pas la revendiquer. Je pouvais lui enfoncer mes crocs dans l'épaule pendant que je l'emplirais de ma semence. Et mon sexe d'accouplement pourrait…

Oh. Je ne lui avais pas encore parlé de ça.

Je souris en me remémorant sa surprise lorsqu'elle avait vu mon érection, et ça, c'était quand mon membre avait été de taille *normale*. Oui, une bonne fessée, puis je lui révélerais ce qui l'attendait. Non, je le lui montrerais, plutôt.

Puis je la pénétrerais avec.

Elle était sur le dos, un genou plié. Elle était nue, et ses cheveux étaient en partie détachés.

— Pourquoi est-ce que tu comptes me donner la fessée ?

Je m'approchai et la pris par la cheville pour la faire rouler sur le ventre.

— Mis à part le fait que tu aimes ça, tu veux dire ?

Elle se mit à bafouiller, mais ne dit rien.

— Parce que tu t'es mise en danger avec cette seringue, repris-je. Je refuse que tu mettes ta santé en danger.

— Mais je savais que c'était sûr !

— Non, tu n'en savais rien, dis-je les dents serrées en tentant de ne pas penser au pire.

— Mais je vais bien, et maintenant, tu peux me baiser et me mordre. Revendique-moi, Mak.

Je fermai les yeux en entendant ces mots. *Revendique-moi, Mak.*

Comme j'avais rêvé de les entendre sortir de sa bouche, surtout maintenant que c'était possible. Maintenant que je n'étais pas obligé de nous refuser ce que nous désirions désespérément.

Elle tenta de dégager sa cheville de mon emprise, mais ni elle ni moi n'y mettions toutes nos forces. Les parois en métal de la petite pièce auraient été complètement enfoncées si nous avions vraiment voulu nous battre. Mais je sentais qu'elle voulait que je sache qu'elle ne se laissait pas tout à fait faire dans la chambre... comme dans la vie. Je souris et l'attrapai par la taille pour lui lever le dos. Elle se retrouva à quatre pattes.

Ses fesses magnifiques, en forme de cœur, étaient juste là, à attendre que je les marque. Je leur donnai une tape résonnante. Elle poussa une exclamation, mais je n'avais pas frappé fort du tout. La marque de ma main apparut tout de même sur sa peau.

— Mak ! s'exclama-t-elle en regardant par-dessus son épaule pour me jeter un regard noir.

Son expression avait beau dire qu'elle n'était pas contente de se faire fesser, elle agitait les hanches et avait une lueur torride dans les yeux. Un désir évident s'y lisait, et ses petites lèvres luisaient pour me souhaiter la bienvenue.

— Tu veux que je te revendique, dis-je en levant le menton. C'est ce que je fais. J'aime voir la marque de mes mains sur tes fesses.

— Je veux plus que ta main, dit-elle en faisant la moue, le dos cambré pour approcher ses fesses de moi. Seigneur, je... Le venin a beau ne pas être dangereux pour moi, il m'inspire du désir. Du désir pour toi.

Je haussai les sourcils et lui lâchai la cheville. Elle ne risquait pas de s'enfuir. Non, elle était excitée. Impatiente. Je la comprenais, et mes crocs sortaient non seulement quand j'étais énervé, mais aussi quand j'étais excité.

Comme maintenant.

— Maintenant, tu sais ce que je ressens, lui dis-je.

Je lui donnai une nouvelle claque sur les fesses, avec douceur. Elle poussa un gémissement, puis me donna un ordre que je ne pouvais pas refuser :

— Déshabille-toi, compagnon.

Avec hâte, je me débarrassai de mon haut, de mes chaussures, mes chaussettes, de tout sauf mon pantalon. Quand j'eus terminé, elle était à genoux devant moi. Même quand elle était sur le lit, j'étais plus grand.

— Tu veux que je t'aide ? me demanda-t-elle en tendant les mains vers ma braguette.

Bon sang, elle était sublime. Ses cheveux lui tombaient dans le dos. Elle était nue. Parfaite. De ses implants argentés à sa peau pâle et veloutée, en passant par ses petits seins aux tétons roses, sa taille fine, ses hanches larges et sa chatte avide.

Je me léchai les lèvres en me souvenant du goût qu'elle avait. Mes crocs produisirent du venin qui me goutta sur la langue. Une saveur forte et sombre enduisit mon palais et me fit grossir le sexe. Mon Hypérion intérieur savait qu'il était temps, qu'il n'était plus possible de se retenir. Que j'allais enfin planter mes crocs dans ma compagne parfaite pour la faire mienne.

— Je vais te revendiquer, Gwen, dis-je en chassant ses mains pour ouvrir mon pantalon moi-même. Mais il y a une petite chose.

Je baissai mon pantalon et laissai mon sexe se libérer, puis je complétai :

— Enfin, ce n'est pas une petite chose.

Les yeux de Gwen tombèrent sur mon membre, et je regardai sa réaction alors qu'il grossissait. Et grossissait. Mon sexe d'accouplement était prêt à la revendiquer. À la baiser. À l'emplir.

———

Gwen

Nom de Dieu. Sérieusement, nom de Dieu. Le sexe de Mak était en érection. Et gros. Et long. Et épais. Et de plus en plus dur. Et de plus en plus gros. De plus en plus long. De plus en plus épais.

— Euh, il me semble qu'il n'était pas aussi gros dans mes souvenirs, dis-je sans le lâcher des yeux.

— C'est de ça que je voulais te parler, dit Mak alors que je levais les yeux vers lui. Tu es au courant pour la morsure hypérionne pendant l'accouplement, mais je ne t'ai jamais parlé du sexe d'accouplement forsien.

Mak n'avait pas besoin de saisir la base de son membre pour qu'il soit pointé droit vers moi. Non, il était long, et incroyablement épais. Comme celui d'une star du porno. Rouge foncé, il était parcouru de larges veines gonflées. Et son gland, ouah. Il était large, évasé et je poussai un gémissement en prenant conscience qu'il glisserait contre toutes les zones sensibles que j'avais en moi. La première fois, il m'avait fallu du temps pour le prendre en entier. J'avais été à califourchon sur Mak et j'avais dû faire des mouvements de bas en haut en prenant mon temps pour m'ouvrir à lui.

Mais ça...

Je me trémoussai sur le lit, mes cuisses mouillées de désir. Cette injection de venin avait été comme une drogue, un condensé d'excitation que je n'avais encore jamais ressentie. Mes seins étaient lourds et douloureux, mes tétons pointaient. Mon sexe se contractait, impatient d'être empli. Mon clitoris était gonflé, plus sensible que d'habitude, et je sus que la moindre caresse de Mak me ferait jouir.

Mais je ne m'étais pas imaginé... le sexe d'accouplement.

— Alors, il est plus gros que d'habitude, dis-je. Ça va, je pourrai gérer.

En posant une main entre mes seins, il me poussa en arrière. Je tombai sur le lit alors qu'il se penchait sur moi. Sa main se referma sur son énorme membre, et il se mit à le caresser.

— Il n'est pas simplement plus gros. Quand un Forsien revendique sa compagne, il glisse sa queue profondément en elle — en prenant son temps pour la pénétrer en entier — puis il reste coincé en elle.

Je fronçai les sourcils, mais j'avais du mal à suivre, tant il était beau. Son torse musclé, son énorme sexe entre ses mains... Son pantalon le laissait tout juste sortir. Mak était... viril. Excitant. Il était tellement... masculin, et il me faisait mouiller.

— Coincé ?

Je ne voyais aucun implant de la Ruche sur son sexe — et j'avais eu l'occasion de l'admirer sous toutes les coutures.

— Il gonflera et restera coincé en toi. Je continuerai de te pénétrer jusqu'à ce que j'aie fini, compagne. Jusqu'à ce que je t'emplisse avec ma semence. Jusqu'à ce que tu sois mienne pour de bon.

Je me hissai sur les coudes et regardai une goutte de liquide pré-séminal sortir de sa fente.

— Pendant combien de temps ? demandai-je.

— Jusqu'à ce que l'accouplement forsien soit terminé, répondit-il.

Il baissa davantage son pantalon et s'en débarrassa pour monter sur le lit. Je ne pouvais pas m'empêcher de regarder son sexe, pointé vers moi. Je déglutis.

— Et ça dure combien de temps ? demandai-je encore.

— Des heures.

— Des heures ? répétai-je d'une voix suraiguë. Ça ne va pas te faire mal ?

— Non. Je jouirai plusieurs fois dans ta chatte parfaite, pour t'emplir de ma semence.

— Mais tu n'auras pas besoin de faire des pauses pour... tu sais... recharger les batteries ?

Il me caressa les cheveux et son pouce m'effleura la joue.

— Je resterai en érection pendant tout ce temps. Je pourrai te donner du plaisir... pendant des heures.

Pendant des heures.

— Finalement, ce n'est peut-être pas la morsure qui va me tuer, mais le plaisir.

Il grogna, son visage soudain féroce.

— Personne ne meurt.

Mince, c'est vrai. Mauvaise blague.

— Je suis désolée. Je ne voulais pas te faire peur ou

t'énerver. Je voulais seulement que tu voies qu'il n'y a aucun souci à se faire.

— À part pour tes fesses rouges, rétorqua-t-il en posant les yeux sur ma bouche.

— Qu'est-ce que tu disais, à propos de cette pénétration qui dure des heures ?

S'il ne trouvait pas ma blague sur le fait de mourir très drôle, je ne rirais pas de sa blague sur la fessée. Et je refusais de lui avouer que je trouvais ça très sexy, étonnamment. À moins que ce soit dû au venin. Il m'avait déjà donné la fessée, mais il allait peut-être falloir qu'il recommence pour que je m'en rende mieux compte. Je me tortillai à cette idée.

Le coin de sa bouche se souleva.

— Nous baiserons sans discontinuer jusqu'à ce que la revendication soit complète. Tu risques de perdre connaissance à cause de la force de tes orgasmes, mais ne t'en fais pas, j'attendrai que tu te réveilles pour continuer.

— Oh, Seigneur, murmurai-je.

Perdre connaissance à cause du plaisir ? Ça donne envie.

— D'accord. Je suis prête.

Il m'examina, ses yeux bruns plongés dans les miens.

— Non, tu ne l'es pas.

Je fronçai les sourcils.

— Si.

Il secoua lentement la tête.

— Si tu arrives toujours à faire des phrases complètes, c'est que tu n'es pas prête.

Il m'embrassa en me maintenant la tête avec sa paume. Avec douceur, tendresse et révérence.

Après les parties de jambes en l'air à faire trembler les murs que nous avions connues, c'était... doux. C'était tellement plus que du sexe. Seigneur, il était si tendre.

Des larmes me montèrent aux yeux alors que mon cœur gonflait douloureusement dans ma poitrine, ses battements rapides comme les ailes d'un colibri contre ma cage thoracique.

— Je t'aime, Mak.

Tout son corps se figea, comme si je l'avais crispé. Merde. J'aurais peut-être dû la boucler.

Il leva la tête et me regarda en silence.

Ouaip. J'aurais vraiment dû garder ma fragilité et ma sensibilité pour moi.

Je détournai la tête, gênée, mais son grognement d'avertissement arriva quelques secondes avant que son énorme main ne se pose sur ma joue pour me forcer à le regarder.

— Non. Ne te cache pas, dit-il.

Je le regardai dans les yeux et m'y noyai, m'y perdis. Il était tout pour moi.

— Je suis désolée. Je n'aurais pas dû dire ça. Tu n'es pas obligé de...

— Tais-toi, femme. Je connais ce mot humain : l'amour. Mais ce n'est pas ce que je ressens pour toi. Ce mot ne veut rien dire, compagne. Je vis et je meurs pour te faire plaisir, pour te protéger, pour faire ton bonheur. Ta douleur est ma souffrance. Je suis à toi, Gwendoline de la Terre. À toi. Je me donne à toi, je me donne à toi et rien qu'à toi. Je ne te quitterai jamais.

Mes larmes m'échappèrent, et il se pencha pour embrasser mes tempes mouillées, pour goûter ma peine. Je n'arrivais pas à les retenir, comme s'il avait brisé un barrage en moi et que des années de solitude s'en écoulaient.

Je l'enlaçai et le tirai vers moi. Pour la première fois, je l'embrassai alors que toutes les cellules de mon corps l'aimaient, le désiraient. L'accueillaient.

Ses lèvres restèrent douces durant quelques secondes, avant de se faire charnelles. Oh, oui. Plein de langue, et bon sang, qu'est-ce qu'il avait bon goût !

Ses lèvres se posèrent sur ma mâchoire, puis sur mon cou, et ses dents effleurèrent mon pouls, avant de descendre.

— Ici, compagne. Je vais te revendiquer pour toujours.

Il me mordilla la peau et je me cambrai sur le lit avec impatience.

— Je vais te mordre ici quand je serai enfoncé dans ta chatte, quand tu seras enduite de mon sperme.

Je gémis et tournai légèrement la tête. J'aurais été ravie qu'il le fasse tout de suite. Mais non.

Sa bouche continua de cheminer vers mes seins, avant de se saisir d'un téton pointu et de le sucer, de tirer dessus. Je savais que mes tétons étaient sensibles, mais jamais comme ça. Mes mains s'emmêlèrent dans ses cheveux alors que je le maintenais en place. S'il continuait comme ça, je risquais de jouir.

Non, pas tout de suite. Il passa à l'autre sein, en me léchant et m'embrassant la peau en chemin.

Ce n'est que quand je me mis à me tortiller et à le supplier qu'il descendit vers mon nombril, puis plus bas, en se servant de ses larges épaules pour m'écarter les jambes et s'installer entre elles. Ses grandes paumes se posèrent à l'intérieur de mes cuisses pour m'écarter davantage alors qu'il posait sa bouche sur moi.

Je me cambrai sur le lit lorsque sa langue experte lapa mon clitoris.

— Mak ! m'écriai-je.

— Tu es bien sensible, murmura-t-il.

— Je vais jouir, l'avertis-je.

Encore un coup de langue, et je ne pourrais plus me retenir. Le venin était vraiment efficace. Avant Mak, je n'avais jamais été capable de jouir rien qu'avec un cunnilingus, mais avec lui — sa bouche, sa langue, ses lèvres —, ouah.

— Pas encore, dit-il.

— Pas encore ? répétai-je.

Ma peau était couverte de sueur, et je n'arrivais pas à rester immobile, bien que la poigne de Mak sur mes cuisses me maintienne en place. En fait, il mit les mains en coupe autour de mes fesses et m'empêcha de faire le moindre geste.

— Tu jouiras quand je serai enfoncé en toi.

Et soudain, j'eus envie qu'il me prenne immédiatement. Entre mes cuisses, sur moi. Je sentais son souffle chaud.

— En moi. S'il te plaît.

— Tes supplications sont si douces.

Frustrée, je me servis de toute ma force pour nous retourner, mais cela ne servit qu'à me faire chevaucher sa tête, ses mains étaient toujours autour de mes fesses. Cette fois, sa bouche n'était qu'à quelques centimètres de mon sexe.

— Comme ça aussi, ça peut marcher, commenta-t-il en me baissant pour sucer l'une de mes petites lèvres, puis l'autre, avant de passer la langue autour de mon entrée trempée.

Il enfonça la langue en moi, annonçant les choses à venir. Mais son sexe d'accouplement était tellement, tellement plus gros.

Je renversai la tête en arrière et je sentis mes cheveux me caresser le dos, ma peau était si sensible. Il était très doué pour m'emmener jusqu'au point de non-retour, en me privant de l'orgasme lui-même.

— Mak... J'en ai besoin. Dépêche-toi. Plus.

— Et c'est parti. Tu vas en perdre la tête, dit-il.

Il me retourna une fois de plus. Il rampa le long de mon corps pour se retrouver penché sur moi. Cette fois, je sentis son sexe se presser contre mes replis humides. J'étais mouillée de la salive de Mak et de mon désir. Mon corps était prêt, lubrifié pour permettre à son sexe énorme de me pénétrer.

— Gwendoline de la Terre, acceptes-tu de devenir ma compagne revendiquée pour l'éternité ?

Oh. C'était un moment important. J'avais du mal à chasser le brouillard de désir de mon esprit pour réfléchir, mais je savais ce qu'il me demandait. Je ne pourrais pas faire marche arrière, après ça. Je ne pourrais plus jamais avoir aucun autre homme.

Mais je m'en fichais. Mak était à moi. C'était le bon. Le seul et l'unique.

— Oui, Mak. Je veux être ta compagne revendiquée. Mords-moi. Baise-moi. Fais ton truc forsien. Maintenant.

Je soulevai les hanches, et son gland évasé se pressa contre mon entrée avant d'y entrer légèrement.

Énorme. Il était énorme.

— Oh, Seigneur.

Il s'appuya sur un avant-bras pour ne pas m'écraser de tout son poids. Son autre main se posa sur mon sein et tira sur mon téton.

— Oh, haletai-je.

Il se glissa un peu plus profondément en moi.

— C'est bien. Tu es tellement bonne. Parfaite. Tu es faite pour moi.

Il me complimentait à voix basse, m'encourageait alors qu'il se glissait en moi, m'emplissait de plus en plus jusqu'à ce que je ne doute plus que nous ne formions qu'un.

Je pliai les genoux et posai mes pieds sur le lit de chaque côté de ses hanches, puis levai les fesses pour le prendre plus profondément.

Mak respirait fort, le front couvert de sueur. Je voyais bien qu'il se retenait, en attendant que je le prenne tout entier, que je m'habitue à son sexe énorme.

Il me passa les mains à l'arrière des genoux et me remonta les jambes pour m'ouvrir davantage.

Je poussai une exclamation lorsqu'il s'enfonça en entier. Si je n'étais pas sous contraception, je me serais sans doute retrouvée enceinte au matin.

— C'est tellement agréable, grogna-t-il. Oh, putain, je me sens grossir.

— Ta base grossit, haletai-je en le sentant m'étirer davantage.

Mak recula, mais se retira seulement de deux centimètres.

— Ça y est, je suis coincé en toi. Tout va bien ?

Il me caressa le visage à nouveau de la façon dont j'aimais qu'il le fasse alors qu'il me regardait, si passionné, si attentionné.

J'ondulai contre lui, sans cesser de m'ajuster à sa taille conséquente. Je n'avais pas mal, mais s'il ne se mettait pas à bouger, j'allais devenir dingue.

— Mak, s'il te plaît, gémis-je en tentant de lever le bassin pour le pousser à me baiser.

Il se glissa légèrement en moi.

— Oui ! m'écriai-je en lui saisissant les reins.

Il se mit à faire de lents va-et-vient alors que nous nous habituions à être aussi... joints. Ce n'était pas sauvage, mais intime. Personnel.

Quand il se retira pour s'enfoncer à nouveau, je jouis. Je renversai la tête en arrière, et mon cri emplit la pièce. Le plaisir que je ressentis était sans fin alors que Mak continuait de s'enfoncer en moi encore et encore.

— Gwen, s'écria-t-il en blottissant la tête dans le creux de mon cou. À moi.

Puis ses crocs s'enfoncèrent dans mon cou, à la naissance de mes épaules.

Je poussai un cri, la brûlure de la morsure immédiatement remplacée par celle du venin ?

C'était un plaisir instantané, si intense qu'il me donna un orgasme. Ce n'était plus mon clitoris qui était à l'épicentre de mon plaisir, mais Mak lui-même. Je sentais son plaisir, comme il sentait le mien.

— Oui, bon sang, oui ! m'exclamai-je en laissant la vague de plaisir me submerger.

Les mains de Mak se resserrèrent autour de mes genoux alors que ses dents restaient plantées dans ma chair, tout comme son sexe. Je sentis la chaleur de sa semence m'emplir, se glisser autour de nos sexes avant de s'enfuir. Il n'y avait tout simplement pas assez de place pour tout. Pas de place pour quoi que ce soit, pour réfléchir ou pour aucune sensation autre que celle qu'il provoquait en moi.

Je n'avais aucune notion du temps, mais Mak leva la tête et lécha ma plaie. Elle ne resta sensible qu'un instant. Mes yeux s'ouvrirent en papillonnant, et je le vis examiner la marque comme si je m'étais trompée et que je risquais toujours de tomber raide morte.

Je ne ressentais que du plaisir, avec Mak profondément enfoncé en moi.

— Encore, le suppliai-je en le tirant de nouveau vers moi, une main derrière sa tête.

— Encore, grogna Mak à son tour avec un sourire.

Ses crocs avaient disparu. Il m'embrassa et me baisa encore. Lorsqu'il se retira, cette fois, son sexe d'accouplement permit plus de mouvement, plus de friction, et il en profita.

Il m'attrapa par les chevilles et les posa sur ses épaules pour pouvoir me pénétrer plus profondément. Il continua ses coups de reins dans cette position jusqu'à ce que je jouisse, éperdue de plaisir. Ça ne prenait jamais fin, ne faisait que devenir plus fort. J'ignorais comment il avait fait pour me mettre à quatre pattes sans cesser de me pénétrer, mais il y était arrivé. Puis il me baisa encore. Il jouit à nouveau ; plus de semence, plus de plaisir.

Tout se joignit dans un mélange collant, suant et plein d'amour jusqu'à ce que Mak me place devant lui, comme deux cuillères dans un tiroir alors qu'il reprenait ses coups de reins. Je perdis connaissance, et me réveillai avec sa main sur mon sein alors qu'il continuait ses va-et-vient. Cette fois, il y allait doucement, tendrement, presque comme pour faire une pause. Mais la connexion entre nous était toujours bien là.

— Ce plaisir va-t-il prendre fin ? murmurai-je en me blottissant contre lui.

— Ça va durer des heures, compagne. Des heures.

ÉPILOGUE

Gwen, à Bord du Faucon (Diminutif de Faucon Millénium...)

— Il va falloir que tu te fasses des chignons au-dessus des oreilles, dit Kristin.

Je ris et Mak me regarda, perplexe. Je lui avais parlé de *Star Wars* pour lui expliquer le nom de notre vaisseau, mais il s'était mis à m'interroger sur le but des films terriens avant que j'aie pu entrer dans les détails.

— Mak n'est pas assez poilu pour faire Chewbacca, mais il grogne assez, dit Rachel.

Elle faisait sauter son fils sur sa hanche tandis qu'il mâchait joyeusement une mèche des longs cheveux de Rachel en bavant sur sa main... et sur sa mère.

Les bébés. Adorables. Mais peut-être un peu trop pleins de salive pour moi.

Je souris, regardai Mak et lui passai une main sur la joue.

— J'aime bien quand tu grognes, dis-je.

Nous nous trouvions dans la partie centrale de notre vaisseau, en pleine visioconférence avec nos amis de la

Colonie. Ils se trouvaient tous dans les appartements du gouverneur.

Deux semaines avaient passé depuis la bataille dans les grottes. Deux semaines depuis que la Colonie était débarrassée de toute menace imminente de la part de la Ruche. La planète était en paix, et cela se lisait dans les sourires et la posture calme de nos amis.

Maxime, son second, Ryston, et leur compagne, Rachel, étaient présents. Le gouverneur prit leur fils, Max des mains de sa mère, et le petit garçon se blottit contre son père, heureux d'être dans ses bras. Maximus Rone était une petite créature joyeuse et potelée, parfaite. D'après ce qu'avait dit Rachel, les guerriers prillons n'avaient pas pour coutumes de donner le prénom du père au premier né, alors ils avaient choisi une variante du nom de Maxime. Et Rachel m'avait avoué en privé être fan de Maximus dans le film *Gladiator*. Alors tout le monde était content. Avec ses cheveux bruns comme ceux de Rachel, sa peau caramel et le caractère féroce de son père secondaire, le bébé semblait avoir hérité quelque chose de chacun de ses parents. J'étais persuadée qu'il serait grand et fort comme eux trois.

Mak sourit.

— Moi aussi, dit-il.

— Tu es sûre de vouloir explorer l'univers avec Mak ? me demanda Kristin. Enfin, seuls tous les deux sur un vaisseau...

Tia, la fille de mon amie, était allongée sur le flanc, et Kristin lui donna une tape sur les fesses. Avec ses cheveux blond clair coupés courts, elle ressemblait presque comme deux gouttes d'eau à sa fille. Sauf que les yeux de Tia, lorsqu'elle me regarda, avaient une vive teinte ambrée. Comme les iris de Hunt.

Kristin jeta un regard à ses compagnons, Tyran et Hunt, qui se tenaient derrière sa chaise.

— Tu devrais rentrer sur la Colonie et te mettre à faire des bébés, reprit-elle. Tu ne devrais pas nous laisser toutes seules ici. On est en manque d'œstrogènes, sur cette planète.

Hors de vue de la caméra, Mak me pressa la main. Nous ne savions pas si je pourrais porter ses enfants. Si je n'étais pas tombée enceinte, c'était sans doute à cause de l'injection contraceptive que j'avais demandée en arrivant sur la Colonie. Et seules quelques semaines s'étaient écoulées depuis que j'avais choisi Mak dans les arènes. Ce n'était pas long du tout et pourtant, il s'était passé tant de choses...

Je n'étais pas prête à devenir mère. J'ignorais si je serais prête un jour. Et Mak ? Il l'acceptait, et se réjouissait de pouvoir passer du temps seul avec moi. À *s'entraîner*.

Et pour l'instant, ces entraînements me convenaient parfaitement. Plusieurs fois par jour. Oui, mon compagnon était insatiable. Et son sexe énorme me convenait également.

— Imaginez, compagnons, poursuivit Kristin. Si on avait un vaisseau rien qu'à nous, je serais sans doute déjà de nouveau enceinte.

Tyran haussa un sourcil et croisa les bras sur la poitrine.

— Compagne, nous n'avons pas besoin d'un vaisseau pour te mettre enceinte. Il nous suffit de passer un peu de temps seuls avec toi.

Il continua à la regarder fixement, et je me demandai s'ils étaient en train de communiquer grâce à leurs colliers.

— Oh, là là, dit Rachel en riant alors qu'elle se dirigeait vers Kristin. Allez. Je vais prendre Tia.

Dès que Rachel eut pris le bébé, Tyran se pencha et souleva Kristin pour la jeter par-dessus son épaule.

— Dis au revoir à tes amis, dit-il en se tournant vers la porte que je voyais derrière eux.

— Au revoir, Gwen. On se reparle bientôt ! me lança Kristin en riant.

J'ignorais quelles choses coquines elle avait transmises à ses compagnons, mais aucun d'eux ne regarda en arrière alors qu'ils la faisaient sortir de la pièce. La porte se referma derrière eux et tout fut plongé dans le silence un instant.

Je souriais, à présent.

— Je suppose qu'elle le méritait complètement.

La porte s'ouvrit en coulissant et Rezzer et Caroline entrèrent, chacun avec l'un de leurs jumeaux nouveau-nés dans les bras.

— Oh mon dieu, CJ ! Tu devrais être au lit ! la gronda Rachel, mais CJ leva les yeux au ciel.

— Et rater l'occasion de dire merci ? Pas question.

Elle se tourna vers moi, son bébé dans ses bras, et essuya une larme dans ses yeux.

— Merci, Gwen. Mak. Vous ne pouvez pas savoir à quel point on est contents qu'il soit bel et bien mort.

Je comprenais ce qu'elle voulait dire. Nous le comprenions tous. Nexus 4. Je n'étais pas restée dans la grotte pour m'assurer que les Atlans l'avaient achevé. Je n'avais pas besoin d'ajouter des souvenirs sanglants à ceux que j'avais déjà dans la tête. Mais j'étais contente qu'il soit mort. Très, très contente.

— Je l'ai déchiqueté et je l'ai réduit en cendres, compagne. Il ne vous fera plus jamais de mal, à toi ou à nos enfants.

Le visage de Rezzer se déforma alors que sa transformation partielle en bête lui faisait briller les yeux. Mais il contrôla rapidement ses émotions alors que le bébé, enveloppé dans une couverture blanche et moelleuse, tendait la main vers son visage. De minuscules doigts lui agrippèrent la mâchoire, et Rezzer passa de guerrier en colère à papa dévoué en un clin d'œil. Je ne savais pas s'il portait sa fille, CJ – pour Caroline Junior –, ou son fils RJ – pour Rezzer Junior —, mais peu importe. Les jumeaux étaient en sécurité, bien au chaud, et entourés de personnes qui non seulement les aimaient, mais qui étaient prêtes à mourir pour les protéger.

Rachel embrassa Tia, qui tendait les bras vers le petit Max. Les bébés adoraient les autres bébés. Qui l'eut cru ? Je trouvais cela étrange et charmant à la fois. Quand la petite tête blonde de Tia se pencha, la bouche grande ouverte, pour « embrasser » Max sur le crâne, mon cœur rata un battement, et je compris enfin ce que ça signifiait, d'être une guerrière, je sus que je ne m'arrêterais jamais. Pas avant que toutes les Unités Nexus soient mortes. Pas avant que tous les soldats de la Ruche soient libérés ou achevés. Pour ce baiser. Ces sourires. L'innocence dans ces petits yeux pétillants.

Mak m'attira contre lui et me passa un bras autour de la taille comme s'il percevait mon trouble. Les instincts protecteurs qui me traversaient n'étaient pas négatifs... mais ils étaient puissants. Inattendus. J'étais plus forte, plus rapide, plus meurtrière que quiconque sur la planète. J'étais capable de me rapprocher des unités Nexus. Je savais désormais que j'aurais besoin de l'aide de Mak pour les achever, mais il semblait plus que ravi d'assurer mes arrières.

Et j'avais des gens que j'aimais, à présent. Des gens qui comptaient pour moi. Une famille sur la Colonie, qui avait besoin de moi et de mon compagnon pour les protéger. Que nous nous battions pour eux. Alors je le ferais. Je me battrais jusqu'à mon dernier souffle pour protéger ce que je voyais dans cette pièce. Ce qui, je le savais, existait dans d'innombrables foyers sur des centaines de planètes.

Je me penchai vers Mak, le corps débordant d'amour, de confiance et de gratitude envers lui.

— Mak, je suis sûre que tu seras ravi d'entendre le rapport final.

Maxime était de nouveau en mode gouverneur, ce qui

semblait étrangement incongru avec le petit bébé qu'il avait dans ses bras.

Mak grogna vaguement en réponse.

— Krael est mort. Aucun d'entre nous ne l'aurait laissé quitter cette planète en vie. Nous — Ryston, Tyran, Hunt, Marz, Vance et les autres Prillons — nous sommes tous mis d'accord pour ne pas lui laisser l'occasion de s'échapper. Justice a été rendue.

Je regardai les autres hommes de la pièce acquiescer.

— Le programme d'extraction minière est terminé, poursuivit Maxime. De nouveaux protocoles ont été mis en place pour protéger nos ressources, à l'avenir. Des schémas et des détails trouvés sur ce vaisseau décrivaient leur plan. Les guerriers de la Colonie ne devraient pas avoir de mal à éliminer toute menace supplémentaire pour la Coalition. Pour l'instant, en tout cas.

— Vous êtes en paix, dit Mak. C'est bien.

Le gouverneur acquiesça, puis jeta un coup d'œil à son bébé.

— Oui. Nous sommes en paix.

Il regarda l'écran de vidéo, vers nous.

— Vous êtes les bienvenus ici, quand vous voulez. Vous êtes de la famille.

Entendre le gouverneur dire ces mots comptait beaucoup. Je n'avais pas été une résidente très facile à vivre, et Mak non plus.

— C'est gentil, et nous garderons ça à l'esprit, dis-je.

— Mais vous explorerez l'univers dans votre vaisseau volé à la Ruche et pourchasserez les autres Unités Nexus.

— C'est officieux, Maxime. On reste en contact, dis-je.

— C'est promis ? me demanda Rachel.

— Oui, promis.

Elle hocha la tête.

Je regardai Mak. Lui souris. Tout allait bien pour notre

monde. *Notre monde*, c'était ce vaisseau. Notre couple. L'univers.

Un jour, nous irions en visite sur la Colonie. Mais en attendant, Mak me suffisait.

J'étais heureuse.

Aimée.

Libre.

Et je n'aurais jamais choisi une autre vie.

OUVRAGES DE GRACE GOODWIN

Programme des Épouses Interstellaires

Domptée par Ses Partenaires

Son Partenaire Particulier

Possédée par ses partenaires

Accouplée aux guerriers

Prise par ses partenaires

Accouplée à la bête

Accouplée aux Vikens

Apprivoisée par la Bête

L'Enfant Secret de son Partenaire

La Fièvre d'Accouplement

Ses partenaires Viken

Combattre pour leur partenaire

Ses Partenaires de Rogue

Programme des Épouses Interstellaires:
La Colonie

Soumise aux Cyborgs

Accouplée aux Cyborgs

Séduction Cyborg

Sa Bête Cyborg

Fièvre Cyborg

ALSO BY GRACE GOODWIN

Interstellar Brides® Program

Mastered by Her Mates

Assigned a Mate

Mated to the Warriors

Claimed by Her Mates

Taken by Her Mates

Mated to the Beast

Tamed by the Beast

Mated to the Vikens

Her Mate's Secret Baby

Mating Fever

Her Viken Mates

Fighting For Their Mate

Her Rogue Mates

Claimed By The Vikens

The Commanders' Mate

Matched and Mated

Hunted

Viken Command

The Rebel and the Rogue

Interstellar Brides® Program: The Colony

Surrender to the Cyborgs

Mated to the Cyborgs

Cyborg Seduction

Her Cyborg Beast

Cyborg Fever

Rogue Cyborg

Cyborg's Secret Baby

Interstellar Brides® Program: The Virgins

The Alien's Mate

Claiming His Virgin

His Virgin Mate

His Virgin Bride

Interstellar Brides® Program: Ascension Saga

Ascension Saga, book 1

Ascension Saga, book 2

Ascension Saga, book 3

Trinity: Ascension Saga - Volume 1

Ascension Saga, book 4

Ascension Saga, book 5

Ascension Saga, book 6

Faith: Ascension Saga - Volume 2

Ascension Saga, book 7

Ascension Saga, book 8

Ascension Saga, book 9

Destiny: Ascension Saga - Volume 3

Other Books

Their Conquered Bride

Wild Wolf Claiming: A Howl's Romance

CONTACTER GRACE GOODWIN

Vous pouvez contacter Grace Goodwin via son site internet, sa page Facebook, son compte Twitter, et son profil Goodreads via les liens suivants :

Abonnez-vous à ma liste de lecteurs VIP français ici :
bit.ly/GraceGoodwinFrance

Web :
https://gracegoodwin.com

Facebook :
https://www.visagebook.com/profile.php?id=100011365683986

Twitter :
https://twitter.com/luvgracegoodwin

Goodreads :
https://www.goodreads.com/author/show/15037285.Grace_Goodwin

Vous souhaitez rejoindre mon Équipe de Science-Fiction pas si secrète que ça ? Des extraits, des premières de couverture et un aperçu du contenu en avant-première. Rejoignez le groupe Facebook et partagez des photos et des infos sympas (en anglais). INSCRIVEZ-VOUS ici :
http://bit.ly/SciFiSquad

À PROPOS DE GRACE

Abonnez-vous à ma liste de lecteurs VIP français ici : **bit.ly/GraceGoodwinFrance**

Vous souhaitez rejoindre mon Équipe de Science-Fiction pas si secrète que ça ? Des extraits, des premières de couverture et un aperçu du contenu en avant-première. Rejoignez le groupe Facebook et partagez des photos et des infos sympas (en anglais). INSCRIVEZ-VOUS ici : http://bit.ly/SciFiSquad

Grace Goodwin est auteure de best-sellers traduits dans plusieurs langues, spécialisée en romans d'amour de science-fiction & de romance paranormale. Grace est persuadée que toutes les femmes doivent être traitées comme des princesses, au lit et en dehors, et elle écrit des romans d'amour dans lesquels les hommes savent s'occuper d'une femme et la protéger. Grace déteste la neige, adore la montagne (oui, c'est un vrai problème) et aimerait pouvoir télécharger directement les histoires qu'elle a en tête, plutôt qu'être contrainte de les taper. Grace vit dans l'Ouest des États-Unis, c'est une écrivaine à plein temps, lectrice insatiable et accro invétérée à la caféine.

www.ingramcontent.com/pod-product-compliance
Lightning Source LLC
LaVergne TN
LVHW011822060526
838200LV00053B/3866